【中华国学经典精粹】

杜甫诗集

（双色版）

[唐]杜甫 著
谭慧 注

Beijing United Publishing Co.,Ltd
北京联合出版公司

图书在版编目（CIP）数据

杜甫诗集 /（唐）杜甫著；谭慧注. —北京：北京联合出版公司，2016.9（2018.7 重印）
（中华国学经典精粹）
ISBN 978-7-5502-8791-4

Ⅰ. ①杜… Ⅱ. ①杜… ②谭… Ⅲ. ①杜诗—诗集 Ⅳ. ①I222.742

中国版本图书馆CIP数据核字（2016）第238747号

杜甫诗集

作　　者：杜　甫
选题策划：宿春礼
责任编辑：牛炜征
封面设计：新纪元工作室
版式设计：新纪元工作室
责任校对：付玮婷

北京联合出版公司出版
（北京市西城区德外大街83号楼9层　100088）
三河市龙大印装有限公司　新华书店经销
字数：130千字　787毫米×1092毫米　1/32　5印张
2017年1月第1版　2018年7月第2次印刷
ISBN 978-7-5502-8791-4
定价：19.80元

前言

文章不为轻薄事，笔墨只哭世艰难。这个世上，确实有人是为拯救受苦大众而生的。他，就是一生忧国忧民，以天下苍生为己任的杜甫。

早年，杜甫家境不坏，度过了少不知愁的童年时光，七岁即咏凤凰。弱冠之年，大唐盛世正好，他豪情勃发，漫游祖国大好河山。

中年，他来到长安求仕，十年困守长安，陷贼，为官。

晚年，他漂泊西南。几经迁徙，看过残忍，历过苦难，尝尽百味人生。几十载风云变迁，他早已不再是当年那个壮志豪情的翩翩少年。

770年，这位空前绝后的“诗圣”病死舟中，带着满腔遗憾作别凡尘，只留给后人千余首诗，悲天悯人，字字泣血。

其诗体大思精，内蕴深广，多涉笔社会动荡、战事徭役、政治黑暗、人民疾苦，以深广生动、血肉饱满的形象，展现了战火中整个社会生活的广阔画面，反映了唐代由盛转衰的状况，表现了杜甫对淆乱乾坤的指斥、对横行霸道的愤慨、对物力衰竭的痛惜、对生灵涂炭的悲悯、对中兴济世的期望以及对博施济众的称道。

“致君尧舜上，再使风俗淳。”终其一生，无论穷或达、安或危，杜甫始终坚守着一种义不容辞的使命感，其气至大至刚，其情至悲至痛。而其独具特色的诗歌意象，融自然景物、个人情思与国家灾难为一体，寄慨遥深，笔触苍老遒劲，感情豪壮悲怆，为壮阔真实的时代生活笼上一层深沉凝重的忧郁色彩及悲剧氛围，形成其鲜明的沉郁顿挫的艺术风格。

体裁方面，杜诗可谓众体兼善。除五古、七古、五律、七律外，他还写了不少排律和拗体。此外，杜甫还继承了汉魏乐府“感于哀乐，缘事而发”的精神，摆脱乐府古题的束缚，创作了不少“即事名篇，无复依傍”的新题乐府，如著名的“三吏”“三别”等。其诗声律和谐，选字精练，或雄浑奔放，或沉郁悲凉，或辞藻瑰丽，或平易质朴。“为人性癖耽佳句，语不惊人死不休”，正是他严谨创作态度的真实写照。

诚如诗论家叶燮所说：“杜甫之诗，随举其一篇与其一句，无处不可见其忧国爱君，悯时伤乱，遭颠沛而不苟，处穷约而不滥，崎岖兵戈盗贼之地，而以山川景物、友朋杯酒抒愤陶情，此杜甫之面目也。”

让我们走近杜甫，向诗圣，或仅仅作为普通人的他致以生命的敬意——不仅为他的斐然文采，更因他能在黑暗如斯的底色中涂抹出如此丰富的色彩，能在贫瘠如斯的土壤中怒放出如此绚烂的花朵。

本书精选杜甫最脍炙人口的诗作，结成一册，以飨读者。挂一漏万之处，望请海涵。

目录

卷一

卷二

卷三

卷四

卷五

卷六

卷七

卷八

卷九

卷十

卷一

游龙门奉先寺[①]

已从招提[②]游，更宿招提境。阴壑生虚籁[③]，月林散清影。

天阙象纬[④]逼，云卧衣裳冷。欲觉闻晨钟，令人发深省。

【注释】

①龙门奉先寺：龙门即伊阙，俗称龙门山，位于河南省洛阳市南。奉先寺是龙门石窟中的一座。②招提：梵语，译义为四方。四方之僧为招提僧，四方之僧的住处为招提房。此诗乃以招提名寺僧。③虚籁：指风声。④象纬：天上星象错列，如经纬一般。

望岳[①]

岱宗[②]夫如何[③]，齐鲁[④]青未了[⑤]。造化[⑥]钟[⑦]神秀[⑧]，阴阳[⑨]割[⑩]昏晓[⑪]。

荡胸[⑫]生曾[⑬]云，决眦[⑭]入[⑮]归鸟。会当[⑯]凌绝顶[⑰]，一览众山小[⑱]。

【注释】

①岳：此指东岳泰山。②岱宗：泰山亦名岱山或岱岳，在今山东省泰安市北。古代以泰山为五岳之首，诸山所宗，故又称“岱宗”。泰山被古人视作“天”的象征，历代帝王举行封禅大典，皆在此山，这里是对泰山的尊称。③夫（fú）如何：怎么样。夫，句首发语词，无实在意义，强调疑问语气。④齐鲁：原是春秋战国时代的两个国家，以泰山为界，齐国在泰山北，鲁国在泰山南。后世以齐鲁大地代称山东地区。⑤青未了：郁郁苍苍的山色无边无际，浩茫浑涵，难以尽言。青，指苍翠、翠绿的美好山色。未了，不尽、不断。⑥造化：这里指大自然。⑦钟：聚集。⑧神秀：天地灵气。⑨阴阳：阴指山之北，阳指山之南。⑩割：分。⑪此句是说泰山很高，在同一时间，山南山北判若早晨和晚上。昏晓，黄昏和早晨。⑫荡胸：涤荡胸襟。

⑬曾：通“层”。⑭决眦（zì）：眼角几乎要裂开，这是由于极力张大眼睛远望归鸟入山所致。决，裂开。⑮入：收入眼底，即看到。⑯会当：应当，终当，定要。⑰凌绝顶：即登上最高峰。凌，登上。⑱小：形容词的意动用法，意思为“以……为小，认为……小”。

登兖州[①]城楼

东郡趋庭[②]日，南楼纵目初[③]。浮云连海岱[④]，平野入[⑤]青徐[⑥]。

孤嶂秦碑[⑦]在，荒城鲁殿[⑧]馀[⑨]。从来多古意[⑩]，临眺独踌躇。

【注释】

①兖州：唐代州名，在今山东省。杜甫父亲杜闲曾任兖州司马。②东郡趋庭：指到兖州看望父亲。③初：初次。《晋书·庾亮传》：“乘秋夜往，共登南楼。”此借用其字。④海岱：东海、泰山。⑤入：是一直伸展到的意思。⑥青徐：青州、徐州。⑦秦碑：秦始皇命人所记的歌颂其功德的石碑。⑧鲁殿：指汉时鲁恭王在曲阜城修的灵光殿。⑨馀：即“余”，残余。⑩古意：伤古的意绪。

题张氏隐居二首

春山无伴独相求，伐木丁丁[①]山更幽。涧道馀寒历冰雪，石门斜日到林丘。

不贪夜识金银气，远害朝看麋鹿游。乘兴杳然迷出处，对君疑是泛虚舟。

其二

之子[②]时相见，邀人晚兴留。霁潭鳣发发[③]，春草鹿呦呦。

杜酒[④]偏劳劝，张梨[⑤]不外求。前村山路险，归醉每无愁。

【注释】

①丁丁：伐木声。语出《诗经》：“伐木丁丁，鸟鸣嘤嘤。”②之子：指张公。③发发：盛貌。④杜酒：史传杜康造酒，故称；此亦有少陵自诩之意。⑤张梨：潘岳《闲居赋》：“张公大谷之梨。”可知张公梨乃当时名产，此处借指张氏所产的梨。

刘九法曹郑瑕丘石门宴集

秋水清无底，萧然净客心。掾曹乘逸兴，鞍马到荒林。

能吏逢联璧，华筵直一金。晚来横吹好，泓①下亦龙吟。

【注释】

①泓：水深处。

与任城许主簿游南池

秋水通沟洫①，城隅进小船。晚凉看洗马，森木乱鸣蝉。

菱熟经时雨，蒲荒八月天。晨朝降白露，遥忆旧青毡。

【注释】

①沟洫：广深四尺谓之沟，广深八尺谓之洫。

对雨书怀走邀许主簿

东岳云峰起，溶溶满太虚。震雷翻幕燕，骤雨落河鱼。

座对贤人酒，门听长者车。相邀愧泥泞，骑马到阶除①。

【注释】

①阶除：台阶。

巳上人茅斋

巳公茅屋下，可以赋新诗。枕簟①入林僻，茶瓜留客迟。

江莲摇白羽，天棘②蔓青丝。空忝③许询④辈，难酬支遁词。

【注释】

①簟（diàn）：供坐卧用的竹席。②天棘：即天门冬，一种藤蔓植物。③忝：有愧于，谦辞。④许询：东晋人，好游山水，通佛学，曾与东晋佛学者支遁交游。

房兵曹①胡②马

胡马大宛名③，锋棱④瘦骨成。竹批⑤双耳峻⑥，风入四蹄轻。

所向无空阔，真堪⑦托死生⑧。骁腾⑨有如此，万里可横行。

【注释】

①兵曹：兵曹参军的省称，是唐代州府中掌管军防、驿传等事的小官。②胡：此指西域。③大宛（yuān）名：即著名的大宛马。大宛，汉代西域国名，位于今乌兹别克斯坦境内，盛产良马。④锋棱：锋利的棱角，形容马的神骏健悍之状。⑤竹批：形容马耳尖如竹尖。⑥峻：尖锐。⑦堪：可以，能够。⑧托死生：马值得信赖，对人的生命有保障。⑨骁（xiāo）腾：健步奔驰。

画鹰

素练[1]风霜[2]起，苍鹰画作[3]殊[4]。㩳身[5]思狡兔[6]，侧目[7]似愁胡[8]。

绦[9]镟光堪摘[10]，轩楹[11]势可呼[12]。何当[13]击凡鸟[14]，毛血洒平芜[15]。

【注释】

①素练：作画用的白绢。②风霜：指秋冬肃杀之气。这里形容画中之鹰凶猛如挟风霜之杀气。③画作：作画，写生。④殊：特异，不同凡俗。⑤㩳（sǒng）身：即竦身，收敛躯体准备搏击的样子。⑥思狡兔：想捕获狡兔。⑦侧目：斜视。⑧似愁胡：形容鹰的眼睛色碧而锐利。因胡人碧眼，故以此为喻。愁胡，指脸上带着发愁神态的胡人。⑨绦（tāo）：丝绳，指系鹰用的丝绳。⑩堪摘：可以解除。⑪轩楹：堂前廊柱，指悬挂画鹰的地方。⑫势可呼：画中的鹰势态逼真，呼之欲飞。⑬何当：安得，哪得。这里有假如的意思。⑭击凡鸟：捕捉凡庸的鸟。⑮平芜：草原。

过宋员外之问[1]旧庄

宋公旧池馆，零落首阳[2]阿。枉道秖从入，吟诗许更过。

淹留问耆老，寂寞向山河。更识将军树，悲风日暮多。

【注释】

①宋员外之问：字延清，虢州弘农人。②首阳：即首阳山，位于河南偃师县西北二十五里。

夜宴左氏庄

林风纤月落，衣露静琴张。暗水流花径，春星带草堂。

检书烧烛短，看剑引杯长。诗罢闻吴咏①，扁舟意不忘。

【注释】

①吴咏：谓诗客作吴音。

临邑舍弟书至苦雨黄河泛溢隄防之患簿领所忧因寄此诗用宽其意

二仪积风雨，百谷漏波涛①。闻道洪河坼②，遥连沧海高。

职司③忧悄悄，郡国诉嗷嗷④。舍弟卑栖邑，防川领簿曹⑤。

尺书前日至，版筑⑥不时操⑦。难假鼋鼍力，空瞻乌鹊毛⑧。

燕南吹畎亩，济上没蓬蒿⑨。螺蚌满近郭，蛟螭乘九皋⑩。

徐关深水府，碣石小秋毫⑪。白屋留孤树，青天失万艘⑫。

吾衰同泛梗，利涉想蟠桃⑬。却倚天涯钓，犹能掣巨鳌⑭。

【注释】

①"二仪"二句：说明河溢的由来。二仪，即天地。积风雨，久雨。②坼（chè）：决口。③职司：职在防河的有司（官吏）。④郡国诉嗷嗷：灾区的地方官吏诉说灾民嗷嗷待哺的惨况。⑤簿曹：官名。⑥版筑：用版夹土而筑。⑦不时操：无时无刻不在筑堤。⑧"难假"二句：极言版筑的困难。相传周穆王至九江，叱鼋鼍为桥；又七月七日乌鹊填河成桥以渡织女。然而不能如愿，因此说"难假""空瞻"。假，假借。瞻，仰望。⑨"燕南"二句：言面积之广。燕南，河北省南部。畎，田中小沟。济上，济南兖州一带。⑩"螺蚌"二句：言大水久不退，以致螺蚌蛟螭诸水族横行陆地。⑪"徐关"二句：言水势之大。徐关成了水府，碣石小若秋毫。碣石，山名，在渤海东。⑫"白屋"二句：言河溢给人民造成的灾难。白屋，即百姓住的茅草屋，被水冲走，故只留孤树。青天，指没有狂风暴雨的天气，却仍有许多船只失事沉没。⑬"吾衰"二句：尽管我如泛梗一般无能，但还是想涉过水去摘取蟠桃。《说苑》：土偶谓桃梗曰："子东园之桃

也。刻子以为梗，遇天大雨，水潦并至，必浮子，泛泛乎不知所止。”由于诗的内容是写大水，且杜甫当时还是一个没有职位的人，所以自比“泛梗”。⑭“却倚”二句：此二句承上，是说要用蟠桃为饵，把巨鳌钓上来。掣，制伏。传说巨鳌能致河溢之灾，故杜甫有此想法。杜甫说这些话，意在宽慰兄弟。

假山

天宝初，南曹小司寇舅于我太夫人堂下垒土为山，一匮盈尺，以代彼朽木，承诸焚香瓷瓯，瓯甚安矣。旁植慈竹，盖兹数峰，嵚岑①婵娟②，宛有尘外致。乃不知兴之所至，而作是诗。

一匮功盈尺，三峰意出群。望中疑在野，幽处欲生云。
慈竹春阴覆，香炉晓势分③。惟南将献寿，佳气日氤氲。

【注释】

①嵚岑（qīn cén）：谓山。②婵娟：谓竹。③晓势分：谓晓烟分布。

龙门

龙门横野断，驿树①出城来。气色皇居近，金银佛寺开。
往来时屡改，川陆日悠哉。相阅征途上，生涯尽几回。

【注释】

①驿树：驿路旁所种的树。

李监①宅二首

尚觉王孙②贵，豪家意颇浓。屏开金孔雀，褥隐绣芙蓉③。
且食双鱼美，谁看异味重④。门阑多喜色，女婿近乘龙⑤。

其二

华馆春风⑥起，高城烟雾开。杂花分户映，娇燕入帘回。
一见能倾座，虚怀只爱才。盐车虽绊骥，名是汉庭来⑦。

【注释】

①李监：即李令问，唐宗室子弟，曾任秘书监，故称李监。②王孙：李令问是宗室子弟，故称。③“屏开”二句：《旧唐书》记载，高祖皇后窦氏的父亲在门屏上画了两只孔雀，给前来求婚的人两支箭，

私约射中者招之。高祖发两箭，俱中，因招为婿。此处用其事，言李氏择婿之雅。④“且食”二句：乃翻《孟子》舍鱼取熊掌语。⑤“门阑”二句：语出庾信诗：“诘旦启门阑。”《礼记》：“乃有喜色。”⑥华馆春风：语出刘桢诗：“华馆寄流波，豁达来风凉。”曹植诗：“春风起兮萧条。”⑦“盐车”二句：《战国策》云：“骐骥驾盐车，上吴坂，迁延负辕而不能进。”此用其意，以比李令问官之闲冷。

赠李白

二年客[1]东都[2]，所历[3]厌[4]机巧[5]。野人对[6]腥膻[7]，蔬食常不饱。

岂[8]无青精饭[9]，使我颜色好。苦[10]乏大药[11]资，山林迹如扫。

李侯金闺[12]彦[13]，脱身事幽讨[14]。亦有梁宋游，方期拾瑶草[15]。

【注释】

①客：旅居他乡。②东都：隋置，唐武德四年（621）废。唐贞观二年（628），号洛阳宫，唐显庆二年（657），诏改东都。③历：经过。④厌：厌恶。⑤机巧：机智灵巧。⑥对：对头，敌手。⑦腥膻（shān）：水族曰腥，鱼鳖之属；草食曰膻，牛羊之属。⑧岂：难道。⑨青精饭：《陶隐居登真隐诀》：“采用南烛草带有露水的叶及茎皮，煮取汁，浸米蒸之，令饭作青碧色，高格曝干，当三蒸曝，每蒸辄以叶汁溲令浥浥。日可服二升，勿服血食，填胃补髓，消灭三虫。久服可延寿益颜。”⑩苦：因某种情况而感到困难。⑪大药：道家的金丹。青精不如大药，叹避世引年之无术也。⑫金闺：金马门的别称，亦指封建朝廷。⑬彦：旧时士的美称。⑭幽讨：寻讨幽隐。⑮瑶草：仙草，也泛指珍异之草。

重题郑氏东亭

华亭入翠微[1]，秋日乱清晖。崩石欹山树，清涟曳水衣[2]。

紫鳞冲岸跃，苍隼护巢归。向晚[3]寻[4]征路，残云傍马飞。

【注释】

①翠微：青绿色的山色。②水衣：指水面上的苔藻类植物。

③向晚：傍晚。④寻：循着。

陪李北海宴历下亭

东藩[①]驻皂盖[②]，北渚[③]凌清河[④]。海右[⑤]此亭古，济南名士多[⑥]。

云山已发兴[⑦]，玉佩[⑧]仍当[⑨]歌。修竹[⑩]不受暑，交流[⑪]空涌波。

蕴真[⑫]惬所遇，落日将如何。贵[⑬]贱[⑭]俱物役[⑮]，从公[⑯]难重过[⑰]。

【注释】

①东藩：李北海，指李邕。北海在京师之东，故称东藩。②皂盖：青色车盖。汉时太守皆用皂盖。③北渚：指历下亭北边水中的小块陆地。④清河：大清河，又名济水，原在齐州（今济南）之北，后被黄河夺其河路。⑤海右：古时正向为南，因海在东，陆地在西，故称陆地为“海右”。⑥济南名士多：此句作者自注为：“时邑人蹇处士等在座。”自汉以来的经师如伏生等，皆济南人，因此说名士多。这两句诗，因为颂扬得实，已为后人作为对联，悬挂亭中（今改为门联）。⑦云山已发兴（xìng）：云山，指远处的云影山色。发兴，催发作诗的兴致。⑧玉佩：唐时宴会有女乐，此处指唱歌侑酒的歌妓。⑨当：当对。语出曹操诗：“对酒当歌。”⑩修竹：修长的竹子。⑪交流：两河交汇。指历水与泺水，二水同入鹊山湖。⑫蕴真：蕴含着真正的乐趣。用谢灵运诗“表灵物莫赏，蕴真谁为传”，是说此亭蕴含真趣，故以得一游为快。⑬贵：尊贵，指李邕。⑭贱：低贱，杜甫自谦之称。⑮物役：为外物所役使。⑯公：指李邕。⑰难重过：难以再有同您重游的机会。

同李太守登历下古城员外新亭

新亭结构罢，隐见清湖阴。迹籍台观旧，气冥海岳深。

圆荷想自昔，遗堞[①]感至今。芳宴此时具，哀丝千古心。

主称[②]寿尊客[③]，筵秩宴北林。不阻蓬荜[④]兴，得兼《梁甫吟》[⑤]。

【注释】

①堞（dié）：城上的矮墙。②称：举杯。③尊客：指李邕。

④蓬荜："蓬门荜户"的略语，比喻穷人住的房子。此作者自谦语。⑤《梁甫吟》：挽歌。梁甫，山名，在泰山下，死人聚葬之处。今所传《梁甫吟》，相传为诸葛亮作，诗中写齐相晏平中以二桃杀三士之典，表达以谋略用世之心。

暂如临邑至䂬山湖亭奉怀李员外率尔成兴

野亭逼湖水，歇马高林间。鼍吼风奔浪，鱼跳日映山。
暂游阻词伯，却望怀青关。霭霭生云雾，惟应促驾还。

赠李白

秋来相顾尚飘蓬[①]，未就[②]丹砂[③]愧葛洪[④]。痛饮狂歌空度日，飞扬跋扈[⑤]为谁雄？

【注释】

①飘蓬：草本植物，叶如柳叶，开白色小花，秋枯根拔，随风飘荡，因此常用来比喻人的行踪飘忽不定。当时李白杜甫二人在仕途上都失意，相偕漫游，无所归宿，因此以飘蓬为喻。②未就：没有成功。③丹砂：即朱砂。道教认为炼砂成药，服之可以延年益寿。④葛洪：东晋道士，自号抱朴子，入罗浮山炼丹。李白好神仙，曾自炼丹药，并在齐州从道士高如贵受"道箓"（一种入教仪式）。杜甫也渡黄河登王屋山访道士华盖君，因华盖君已死，惆怅而归。两人在学道方面都无所成就，因此说"愧葛洪"。⑤飞扬跋扈：不守常规，狂放不羁。此处作褒义词用。

与李十二白同寻范十隐居

李侯有佳句，往往似阴铿[①]。余亦东蒙[②]客，怜君如弟兄。

醉眠秋共被，携手日同行。更想幽期处，还寻北郭生[③]。

入门高兴发，侍立小童清。落景[④]闻寒杵[⑤]，屯[⑥]云对古城[⑦]。

向来吟《橘颂》[⑧]，谁与讨莼[⑨]羹？不愿论簪笏[⑩]，悠悠[⑪]沧海情[⑫]。

【注释】

①阴铿：字子坚，南朝陈著名诗人，尤善五言诗。②东蒙：山

名，即蒙山，在今山东蒙阴县南。③北郭生：指范隐居于北郭。④落景：斜阳。⑤闻寒杵：日晚而闻舂米、捣衣之声。⑥屯：聚。⑦古城：指鲁城。⑧《橘颂》：《楚辞·九章》篇名，屈原所作。⑨莼（chún）：水菜名，一名水葵，又名凫葵，叶可做汤。⑩簪笏（zān hù）：冠簪与手板，仕官之所用。⑪悠悠：安闲貌。⑫沧海情：谓无复簪笏之愿，而欲寄情江海。亦孔子“道不行，乘桴浮于海”之意。

郑驸马宅宴洞中

主家阴洞细烟雾，留客夏簟青琅玕。春酒杯浓琥珀薄，冰浆碗碧玛瑙寒。

误疑茅堂过江麓，已入风磴[1]霾云端。自是秦楼压郑谷，时闻杂佩声珊珊。

【注释】

①风磴：指山岩上的石级。岩高多风，故称。

冬日有怀李白

寂寞书斋里，终朝独尔思。更寻嘉树传，不忘《角弓》诗。

短褐风霜入，还丹日月迟。未因乘兴去，空有鹿门期。

春日忆李白

白也诗无敌，飘然思不群[1]。清新庾开府[2]，俊逸鲍参军[3]。

渭北[4]春天树，江东[5]日暮云。何时一樽酒，重与细论文[6]？

【注释】

①不群：不平凡，高于同辈。这句说明上句，思不群故诗无敌。②庾开府：指庾信。其在北周官至骠骑大将军、开府仪同三司（司马、司徒、司空），世称庾开府。③鲍参军：指鲍照。南朝宋时任荆州前军参军，世称鲍参军。④渭北：渭水北岸，借指长安（今陕西西安）一带，当时杜甫在此地。⑤江东：指今江苏省南部和浙江省北部一带，当时李白在此地。⑥论文：即论诗。六朝以来，通称诗为文。

送孔巢父[①]谢病[②]归游江东兼呈[③]李白

巢父掉头不肯住[④]，东将入海随烟雾。诗卷长留天地间[⑤]，钓竿欲拂珊瑚树[⑥]。

深山大泽龙蛇远，春寒野阴风景暮[⑦]。蓬莱织女回云车，指点虚无是征路[⑧]。

自是君身有仙骨，世人那得知其故[⑨]。惜君只欲苦死留，富贵何如草头露[⑩]。

蔡侯静者意有馀，清夜置酒临前除[⑪]。罢琴惆怅月照席[⑫]，几岁寄我空中书[⑬]。

南寻禹穴见李白，道甫问讯今何如[⑭]。

【注释】

①孔巢父：《旧唐书》有传。他早年和李白等六人隐居山东徂徕山，号“竹溪六逸”。②谢病：是托病弃官，不一定是真病。③兼呈：李白这时正在浙东，诗中又怀念他，故题用“兼呈”。④巢父掉头不肯住：朋友们要巢父待在长安，他总是摇头。这句写巢父无心功名富贵。掉头，犹摇头。⑤诗卷长留天地间：这句有两层意思，一方面表明巢父不仅不恋富贵，连自己的诗集也留在人间不要了；另一方面也说明巢父的诗可以长留不朽。⑥珊瑚树：由珊瑚虫集结而成，前人不知，见其形如小树，因误以为植物。上言巢父入海，故此处用珊瑚树。⑦“深山”二句：写东游的境界。上句用《左传》“深山大泽，实生龙蛇”，含有比意，巢父的遁世高蹈，有似于龙蛇之远处深山大泽之中。下句点明送别是在春天。⑧“蓬莱”二句：写东游时的遭遇，是幻境。蓬莱，传说中的三仙山之一，在东海中。织女，神话中说是天帝的孙女，这里泛指仙子。虚无，即《庄子》所谓“无何有之乡”。⑨知其故：指弃官访道之故。⑩“惜君”二句：这是一个转折语。代巢父点醒世人，也可看作转述巢父本人的话。草头露，指容易消灭。这句与李白诗“功名富贵若长在，汉水亦应西北流”同意，世人不知，故苦苦相留。苦死留，唐时方言，犹今言拼命留。⑪“蔡侯”二句：写蔡侯饯行。侯，是尊称，杜甫曾称李白为“李侯”。静者，恬静的人，指不热衷富贵。别人要留，他却欢送，其意更深，所以说“意有馀”。除，台阶。⑫罢琴惆怅月照席：唐时宴会多用妓乐，送巢父却不合适，所以只用琴。罢琴，弹完了琴。酒阑琴罢，就要分别，故不

免“惆怅”。⑬几岁寄我空中书：空中书，泛指仙人寄来的信，把对方看作神仙，因此称为空中书。而杜甫是不信神仙的。“几岁”二字幽默，是说不知你何岁何年才成得神仙。⑭“南寻”二句：是要巢父见到李白时代为问好。“问讯”一词，汉代已有，唐代诗文中尤多，含问好意。禹穴有二，这里是指浙江绍兴县的禹穴。

今夕行

今夕何夕岁云徂[1]，更长烛明不可孤。咸阳客舍一事无，相与博塞[2]为欢娱。

冯陵[3]大叫呼五白，袒跣[4]不肯成枭卢[5]。英雄有时亦如此，邂逅岂即非良图。

君莫笑，刘毅从来布衣愿，家无儋石输百万。

【注释】

①云徂（cú）：云飞行向前。②博塞：博戏，下棋一类的游戏。③冯陵：意气风发貌。④袒跣（tǎn xiǎn）：谓脱袜赤足。⑤枭卢：古代博戏樗蒲的两种胜彩名。幺为枭，最胜；六为卢，次之。

赠特进汝阳王二十二韵

特进群公表[1]，天人夙德[2]升。霜蹄千里骏，风翮九霄鹏。
服礼求毫发，惟忠忘寝兴。圣情常有眷，朝退若无凭。
仙醴来浮蚁，奇毛或赐鹰。清关尘不杂，中使日相乘。
晚节嬉游简，平居孝义称。自多亲棣萼[3]，谁敢问山陵。
学业醇儒富，辞华哲匠能。笔飞鸾耸立，章罢凤鶱腾。
精理通谈笑，忘形向友朋。寸长堪缱绻，一诺岂骄矜。
已忝归曹植，何知对李膺。招要恩屡至，崇重力难胜。
披雾初欢夕，高秋爽气澄。樽罍临极浦，凫雁宿张灯。
花月穷游宴，炎天避郁蒸。砚寒金井水，檐动玉壶冰。
瓢饮惟三径，岩栖在百层[4]。谬持蠡测[5]海，况挹酒如渑。
鸿宝宁全秘，丹梯庶可凌。淮王门有客，终不愧孙登。

【注释】

①表：表率。②夙德：早成之德。③棣萼（dì è）：比喻兄弟。④百层：高山。⑤蠡（lí）测：“以蠡测海”的略语，典出《汉书》卷六十五《东方朔传》：“以管窥天，以蠡测海，以莛撞钟。”用蠡来量

海，比喻见识短浅，以浅见量度人。蠡，贝壳做的瓢。

赠比部萧郎中十兄

有美生人杰，由来积德门。汉朝丞相系，梁日帝王孙。
蕴藉为郎久，魁梧秉哲[1]尊。词华倾后辈，风雅蔼孤骞[2]。
宅相荣姻戚，儿童惠讨论。见知真自幼，谋拙愧诸昆。
漂荡云天阔，沉埋日月奔。致君时已晚，怀古意空存。
中散山阳锻，愚公野谷村。宁纡长者辙，归老任乾坤。

【注释】

①秉哲：秉富有才智。②蔼孤骞：如鸟之飞骞云际。蔼，云集貌。

奉寄河南韦尹丈人

有客传河尹，逢人问孔融。青囊仍隐逸，章甫尚西东。
鼎食[1]分门户，词场继国风。尊荣瞻地绝，疏放忆途穷。
浊酒寻陶令，丹砂访葛洪。江湖漂短褐[2]，霜雪[3]满飞蓬。
牢落乾坤大，周流道术空。谬惭知蓟子，真怯笑扬雄[4]。
盘错神明惧，讴歌德义丰。尸乡馀土室，谁话祝鸡翁。

【注释】

①鼎食：列鼎而食，吃饭时排列很多鼎。形容富贵人家豪华奢侈的生活。②短褐：用兽毛或粗麻布做成的短上衣，形容平民的衣着。③霜雪：喻头白。④扬雄：字子云，西汉辞赋家。

赠韦左丞丈济

左辖[1]频虚位，今年得旧儒[2]。相门韦氏在，经术汉臣须。
时议[3]归前烈，天伦恨莫俱。鸰原[4]荒宿草，凤沼[5]接亨衢。
有客虽安命，衰容岂壮夫。家人忧几杖，甲子混泥涂。
不谓矜馀力，还来谒大巫。岁寒仍顾遇，日暮且踟蹰。
老骥[6]思千里，饥鹰[7]待一呼。君能微感激，亦足慰榛芜[8]。

【注释】

①左辖：中国古代的官职名，就是左丞相。②旧儒：指韦济。③时议：当时的舆论。④鸰（líng）原：《诗经·小雅·棠棣》："脊令在原，兄弟急难。"郑玄笺："水鸟，而今在原，失其常处，则飞则鸣，求其类，天性也。犹兄弟之于急难。"脊令，亦作"鹡鸰"，后因以"鸰原"谓兄弟友爱。⑤凤沼：谓拜左丞。⑥老骥：言己之衰。⑦饥鹰：言己之穷。⑧榛芜：自谦之词，比喻微贱。

奉赠韦左丞丈二十二韵

纨袴①不饿死②，儒冠多误身③。丈人④试静听，贱子⑤请具陈。

甫昔少年日，早充观国宾⑥。读书破万卷，下笔如有神。

赋料扬雄敌，诗看子建亲。李邕⑦求识面，王翰⑧愿为邻。

自谓颇挺出，立登要路津⑨。致君尧舜上，再使风俗淳⑩。

此意竟萧条，行歌非隐沦⑪。骑驴⑫十三载⑬，旅食京华春。

朝扣富儿门，暮随肥马尘。残杯与冷炙，到处潜悲辛。

主上顷见征，欻然欲求伸。青冥却垂翅，蹭蹬无纵鳞⑭。

甚愧丈人厚，甚知丈人真。每于百僚上，猥诵佳句新⑮。

窃效贡公⑯喜，难甘原宪⑰贫。焉能心怏怏，只是走踆踆⑱。

今欲东入海⑲，即将西去秦。尚怜终南山，回首清渭滨。

常拟报一饭⑳，况怀辞大臣。白鸥没浩荡，万里谁能驯？

【注释】

①纨袴：指富贵子弟。②不饿死：不学无术却无饥饿之忧。③儒冠多误身：满腹经纶的儒生却穷困潦倒。④丈人：对长辈的尊称。这里指韦济。⑤贱子：年少位卑者自谓。这里是杜甫自称。⑥"甫昔"二句：指开元二十三年（735）杜甫以乡贡（由州县选出）资格在洛阳参加进士考试的事。杜甫当时才二十四岁，就已是"观国之光"（参观王都）的国宾了，因此说"早充"。"观国宾"语出《周易·观卦·象辞》："观国之光，尚宾也。"⑦李邕：唐代文豪、书法家，曾任北海郡太守。杜甫少年在洛阳时，李邕奇其才，曾主动结识他。

⑧王翰：当时著名诗人，《凉州词》的作者。⑨立登要路津：很快就要得到重要的职位。⑩“致君”二句：如果自己得到重用的话，就可以辅佐皇帝实现超过尧舜的功绩，使已败坏的社会风俗恢复到上古那样的淳朴敦厚。这是当时一般儒者的最高政治理想。尧舜，传说中的上古圣君。⑪“此意”二句：想不到我的政治抱负竟然落空，我虽然也写些诗歌，却不是逃避现实的隐士。⑫骑驴：与乘马的达官贵人对比。⑬十三载：从开元二十三年（735）杜甫参加进士考试，到天宝六载（747），恰好十三载。⑭“主上”四句：天宝六载（747），唐玄宗下诏征求有一技之长的人赴京应试，杜甫参加了。宰相李林甫嫉贤妒能，让所有应试的人都落选，还上表称贺：“野无遗贤。”这对当时急欲施展抱负的杜甫是一个沉重的打击。主上，指唐玄宗。顷，不久前。见征，被征召。欻然，忽然。欲求伸，希望表现自己的才能，实现致君尧舜的志向。青冥却垂翅，飞鸟折翅从天空坠落。蹭蹬，行进困难的样子。无纵鳞，本指鱼不能纵身远游，这里指理想不得实现。⑮“每于”二句：承蒙您经常在百官面前吟诵我新诗中的佳句，极力加以奖掖推荐。⑯贡公：即西汉人贡禹。他与王吉为友，闻吉显贵，高兴得弹冠相庆，因为知道自己也将出头。杜甫说自己也曾自比贡禹，并期待韦济能荐拔自己。⑰原宪：孔子的学生。⑱逡（qūn）逡：且进且退的样子。⑲东入海：指避世隐居。孔子曾言：“道不行，乘桴浮于海。”⑳报一饭：报答一饭之恩。春秋时灵辄报答赵宣子（见《左传·宣公二年》），汉代韩信报答漂母（见《史记·淮阴侯列传》），均为历史上著名的报恩故事。

卷二

饮中八仙歌

知章骑马似乘船，眼花落井水底眠①。

汝阳②三斗始朝天③，道逢曲车④口流涎，恨不移封⑤向酒泉⑥。

左相[7]日兴费万钱，饮如长鲸[8]吸百川，衔杯乐圣[9]称避贤。

宗之[10]潇洒美少年，举觞白眼[11]望青天，皎如玉树临风[12]前。

苏晋[13]长斋绣佛前，醉中往往爱逃禅[14]。

李白一斗诗百篇，长安市上酒家眠。天子呼来不上船，自称臣是酒中仙[15]。

张旭[16]三杯草圣传，脱帽露顶[17]王公前，挥毫落纸如云烟。

焦遂[18]五斗方卓然[19]，高谈雄辩惊四筵[20]。

【注释】

①“知章”二句：写贺知章醉后骑马摇摇晃晃，如乘船一般，醉眼昏花，跌落井中犹不自知，索性醉眠井底。这是夸张地形容其醉态。知章，即贺知章，越州永兴（今浙江萧山）人，官至秘书监。性旷放纵诞，自号“四明狂客”，又称“秘书外监”。贺知章在长安一见到李白，便将他称为“谪仙人”，解所佩金龟换酒痛饮。 ②汝阳：汝阳王李琎，唐玄宗的侄子。 ③朝天：朝见天子。此谓李琎痛饮后才入朝。 ④曲车：酒车。 ⑤移封：改换封地。 ⑥酒泉：郡名，在今甘肃酒泉县。传说郡城下有泉，味如酒，故名酒泉。 ⑦左相：指左丞相李适之，天宝元年（742）八月为左丞相，五载（746）四月，为李林甫排挤而罢相。 ⑧长鲸：鲸鱼。古人以为鲸鱼能吸百川之水，用此形容李适之的酒量之大。 ⑨圣：酒的代称。《三国志·魏志·徐邈传》：“尚书郎徐邈酒醉，校事赵达来问事，邈言‘中圣人’。达复告曹操，操怒，鲜于辅解释说：‘平日醉客，谓酒清者为圣人，酒浊者为贤人。’”李适之罢相后，曾作诗云：“避贤初罢相，乐圣且衔杯。为问门前客，今朝几个来？”此处化用李之诗句，说他虽罢相，仍豪饮如常。 ⑩宗之：崔宗之，吏部尚书崔日用之子，袭父封为齐国公，官至侍御史，是李白的朋友。 ⑪白眼：晋阮籍能作青白眼，青眼看朋友，白眼视俗人。 ⑫玉树临风：崔宗之风姿秀美，故以玉树为喻。 ⑬苏晋：开元间进士，曾为户部和吏部侍郎。 ⑭逃禅：这里指不守佛门戒律。佛教戒饮酒。苏晋长斋信佛，却嗜酒，故曰“逃禅”。 ⑮“李白”四句：李白以豪饮闻名，且文思敏捷，常以酒助诗兴。《新唐书·李白传》载：李白应诏至长安，唐玄宗在金銮殿召见他，并赐食，亲为

调羹，诏为供奉翰林。一次，玄宗在沉香亭召他写配乐的诗，他却在长安酒肆喝得大醉。范传正《李白新墓碑》载，玄宗泛舟白莲地，召李白来写文章，而当时李白已在翰林院喝醉了，玄宗就命高力士扶他上船来见。⑯张旭：吴人，唐代著名书法家，善草书，时人称为"草圣"。⑰脱帽露顶：言张旭狂放不羁的醉态。据说张旭每大醉，常呼叫奔走，索笔挥洒，甚至以头濡墨而书。醒后自视手迹，以为神异，不可复得，世称"张颠"。⑱焦遂：布衣之士，老百姓。⑲卓然：这里形容酒后精神焕发的样子。⑳四筵：四座。

高都护[①]骢马行

安西都护胡青骢[②]，声价[③]欻[④]然来向东。此马临阵[⑤]久无敌，与人一心成大功[⑥]。

功成惠养[⑦]随所致，飘飘远自流沙[⑧]至。雄姿未受伏枥[⑨]恩，猛气[⑩]犹思战场利。

腕[⑪]促蹄高如踣铁[⑫]，交河几蹴曾冰裂[⑬]。五花[⑭]散作云满身，万里方看汗流血[⑮]。

长安壮儿不敢骑，走过掣电[⑯]倾城知[⑰]。青丝[⑱]络头[⑲]为君老，何由却出横门[⑳]道。

【注释】

①高都护：即安西都护府都护高仙芝。高仙芝（？—756），唐朝著名军事将领。②胡青骢：西域的骏马。犹《淮南子》所云胡骏马。《隋书》："西域吐谷浑有青海，中有小山，至冬冰合，尝得波斯马放入海，因生骢马，日行千里，故时称青海骢马。"③声价：名誉身价。④欻：同"忽"。⑤临阵：谓身临战阵。戴暠诗："刀环临阵鸣。"⑥大功：大功业，大功劳。《史记》：廉颇曰："我为赵将，有攻城野战之大功。"⑦惠养：犹豢养。《赭白马赋》："愿终惠养，荫本枝兮。"⑧流沙：泛指西北沙漠地区。《元和郡县志》：居延泽，在张掖县东北一千六百里，即古流沙。《天马歌》："天马徕，从西极，涉流沙。"⑨伏枥：谓伏槽枥而秣之。枥，马槽。《汉书·李寻传》："马不伏枥，不可以趋道。"⑩猛气：勇猛的气势或气概。《西征赋》："何猛气之咆勃。"⑪腕：一作踠。《南都赋》："马踠馀足。"《相马经》："马踠欲促，促则健，蹄欲高，高耐险峻。"《齐民要术》："马踠欲促而大，其间才容靽，蹄欲得厚二三寸，硬如石。"

⑫踣铁：踏地如铁，比喻马蹄坚硬有力。踣，踏地。 ⑬交河几蹴曾冰裂：交河，西域河名，源出交河县，流经高昌县。《元和郡县志》："贞观四年，于汉车师前王地置交河县，取界内交河为名。交河源出县北天山，分流城下。"《一统志》："今为西番火州地。"王洙注："唐安西去交河七十里。"东方朔《神异记》曰："诗言交河有层积之冰，马几度蹴踏之而破裂。" ⑭五花：马毛色。《李白集注》："五花，马毛色也。" ⑮万里方看汗流血：极言马的材力，必须万里，方见流汗。《汉书》："李广利获汗血马来。"注："大宛旧有天马种，蹋石汗血，汗从前肩髆小孔中出，如血。"赵曰："汗血之姿，非万里无以见。" ⑯掣电：闪电。形容迅疾。 ⑰倾城知：全城无人不晓。赵注："此言马行如电，举国皆知耳。" ⑱青丝：指马缰绳。 ⑲络头：马笼头。古乐府："青丝缠马尾，黄金络马头。" ⑳横门：长安城北西起第一门，是通向西域的大道。《三辅黄图》："长安城北，出西头第一门，曰横门，其外有桥，曰横桥。"远注："出横门道，言欲驰驱于战场。"

冬日洛城北谒玄元皇帝庙

配极①元都閟，凭高禁籞②长。守祧③严具礼，掌节镇非常。

碧瓦④初寒外，金茎一气旁。山河扶绣户，日月近雕梁。
仙李蟠根大，猗兰奕叶光。世家遗旧史，道德付今王。
画手看前辈，吴生远擅场。森罗移地轴，妙绝动宫墙。
五圣联龙衮，千官列雁行。冕旒⑤俱秀发，旌旆⑥尽飞扬。
翠柏深留景，红梨迥得霜。风筝吹玉柱，露井冻银床。
身退卑周室，经传拱汉皇。谷神如不死，养拙更何乡。

【注释】

①配极：配享于宗庙。 ②禁籞（yù）：禁苑周围的藩篱，亦指禁苑。 ③守祧（tiāo）：古官名，掌守先王先公的祖庙。 ④碧瓦：琉璃瓦。 ⑤冕旒（liú）：古代汉族礼冠的一种。相传冕制起于黄帝，至周代时始完备。古代帝王、诸侯、卿大夫参加盛大祭祀所服，冕旒为礼冠中最贵重者。 ⑥旌旆：旗帜。

故武卫将军挽词三首

严警当寒夜，前军落大星。壮夫思敢决，哀诏惜精灵。

王者今无战，书生已勒铭[1]。封侯意疏阔，编简为谁青。

其二

舞剑过人绝，鸣弓射兽能。铦锋[2]行惬顺，猛噬失蹻腾。
赤羽千夫膳，黄河十月冰。横行沙漠外，神速至今称。

其三

哀挽青门去，新阡绛水遥。路人纷雨泣，天意飒风飙。
部曲精仍锐，匈奴气不骄。无由睹雄略，大树日萧萧。

【注释】

①勒铭：镌刻铭文。②铦（xiān）锋：刚锐的锋芒。

赠翰林张四学士垍

翰林逼华盖，鲸力[1]破沧溟[2]。天上张公子，宫中汉客星。
赋诗拾翠殿，佐酒望云亭。紫诰[3]仍兼绾，黄麻似六经。
内颁金带赤，恩与荔枝青。无复随高凤，空馀泣聚萤。
此生任春草，垂老独漂萍。傥忆山阳会，悲歌在一听。

【注释】

①鲸力：比喻才力非凡。②沧溟：苍天、大海。③紫诰：指诏书。古时诏书盛以锦囊，以紫泥封口，上面盖印，故称。

乐游园[1]歌

乐游古园崒[2]森爽[3]，烟绵碧草萋萋长。公子[4]华筵势[5]最高，秦川对酒平如掌。

长生木瓢[6]示真率[7]，更调[8]鞍马狂欢赏。青春[9]波浪芙蓉园[10]，白日雷霆[11]夹城仗[12]。

阊阖[13]晴开昳荡荡[14]，曲江[15]翠幕排银牓[16]。拂水低回舞袖翻，缘云清切歌声上。

却忆年年人醉时，只今未醉已先悲。数茎白发那抛得，百罚深杯辞不辞。

圣朝[17]亦知贱士[18]丑，一物但荷皇天慈。此身饮罢无归处[19]，独立苍茫[20]自咏诗。

【注释】

①乐游园：即乐游原，汉宣帝时建，始称乐游苑，在长安东南郊，地势最高，四望宽敞，为唐代游赏胜地。②崒：山高危貌。③森

爽：萧疏貌，是说乐游园中树木参天，正因树木不密集才得见其高。④公子：指筵席主人杨长史。⑤势：地势。《三秦记》："长安正南秦岭，岭根水流为秦川，一名樊川。"这里当指长安周围的平原，因居高俯视而觉其平坦如掌。⑥长生木瓢：长生木做的瓢，《西京杂记》载上林苑有长生木。⑦示真率：主人用长生木瓢盛酒，表明他的真率。⑧调：戏弄。⑨青春：犹言青青，河水碧绿。⑩芙蓉园：在乐游园西南，中有芙蓉池。⑪雷霆：指宫廷仪仗队的赫赫声势。⑫夹城仗：《两京新记》："开元二十年，(唐玄宗)筑夹城入芙蓉园。"⑬阊阖(chāng hé)：天门。这里指宫殿门。⑭诛荡荡：阔大之意。⑮曲江：在乐游园西南。⑯银牓：宫殿门端所悬金碧辉煌的匾额。⑰圣朝：有道之邦。这里指当时的朝廷。⑱贱士：杜甫自称。《论语》："邦有道，贫且贱焉，耻也。"⑲无归处：包含复杂内涵。一是仕途不得志，满腔抱负无所托，二是没有志同道合之人。⑳苍茫：暮色貌，融合全诗则含有前途渺茫的身世之感、对国家政治的忧虞之感以及念天地悠悠的历史深沉感。

同诸公[①]登慈恩寺塔[②]

高标[③]跨苍穹，烈风无时休。自非旷士[④]怀，登兹翻[⑤]百忧。

方知象教[⑥]力，足可追冥搜[⑦]。仰穿龙蛇窟[⑧]，始出枝撑[⑨]幽。

七星在北户，河汉声西流。羲和[⑩]鞭白日[⑪]，少昊[⑫]行清秋。

秦山[⑬]忽破碎[⑭]，泾渭不可求。俯视但一气[⑮]，焉能辨皇州。

回首叫虞舜，苍梧[⑯]云正愁。惜哉[⑰]瑶池饮，日晏昆仑丘。

黄鹄[⑱]去不息，哀鸣何所投。君看随阳雁[⑲]，各有稻粱谋[⑳]。

【注释】

①诸公：指高适、薛据、岑参、储光羲。②慈恩寺塔：即大雁塔，为新进士题名之处。唐高宗永徽三年(652)玄奘法师所建，位于今陕西西安市和平门外八里处，现有七层，高六十四米。③高标：

指慈恩寺塔。标，高耸之物。④旷士：旷达出世的人。⑤翻：反而。⑥象教：佛祖释迦牟尼说法时常借形象以教人，故佛教又有象教之称。佛塔即是佛教的象征。⑦冥搜：即探幽。⑧龙蛇窟：形容塔内磴道的弯曲和狭窄。⑨枝撑：指塔中交错的支柱。⑩羲和：古代神话中为太阳驾车的神。⑪鞭白日：言日行之快，如鞭促赶。⑫少昊：古代神话中司秋之神。⑬秦山：指长安以南的终南山，为秦岭山脉的一部分，故云秦山。⑭破碎：终南诸峰，大小错综，登高眺望，山峦如破碎。⑮一气：一片朦胧不清的样子。⑯苍梧：相传舜征有苗，崩于苍梧之野，葬于九疑山（在今湖南宁远县南）。见《礼记·檀弓上》《史记·五帝本纪》。这里用以比拟葬唐太宗的昭陵。唐太宗受内禅于高祖李渊，高祖号神尧皇帝。尧禅位于舜，故以舜喻唐太宗。⑰"惜哉"二句：《列子·周穆王》："（穆王）升昆仑之丘，以观黄帝之宫。……遂宾于西王母，觞于瑶池之上。"《穆天子传》卷四，记周穆王"觞西王母于瑶池之上"。此处喻指唐玄宗与杨贵妃游宴骊山，荒淫无度。⑱黄鹄（hú）：即天鹅，善飞，一举千里。⑲随阳雁：雁为候鸟，秋由北而南，春由南而北，故称。此喻趋炎附势者。⑳稻粱谋：本指禽鸟觅取食物的方法，此喻小人谋取利禄的打算。

投简咸华两县诸子

赤县官曹拥才杰，软裘快马当冰雪。长安苦寒谁独悲，杜陵野老骨欲折。

南山豆苗早荒秽①，青门瓜地新冻裂。乡里儿童项领成，朝廷故旧礼数绝。

自然弃掷与时异，况乃疏顽②临事拙。饥卧动即向一旬，敝衣何啻联百结。

君不见空墙日色晚，此老无声泪垂血。

【注释】

①荒秽：犹荒芜。②疏顽：懒散顽钝，指强硬、固执。

杜位宅守岁

守岁阿戎①家，椒盘②已颂花。盍簪喧枥马，列炬散林鸦。

四十明朝过，飞腾暮景斜。谁能更拘束，烂醉是生涯。

【注释】

①阿戎：称堂弟。②椒盘：盛有椒的盘子。古时正月初一日用盘进椒，饮酒则取椒置酒中。

敬赠郑谏议十韵

谏官非不达，诗义早知名。破的[1]由来事，先锋孰敢争。
思飘云物外[2]，律中鬼神惊[3]。毫发无遗憾，波澜独老成。
野人宁得所，天意薄浮生。多病休儒服，冥搜信客旌。
筑居仙缥缈，旅食岁峥嵘。使者求颜阖，诸公厌祢衡。
将期一诺重，欻使寸心倾。君见途穷哭，宜忧阮步兵。

【注释】

①破的：亦作"破镝"，喻发言正中要害。②云物外：言思穷高远。③鬼神惊：言巧夺化工。

兵车行

车辚辚[1]，马萧萧，行人[2]弓箭各在腰。耶[3]娘妻子走[4]相送，尘埃不见咸阳桥[5]。

牵衣顿足拦道哭，哭声直上干[6]云霄。道旁过者[7]问行人，行人但云点行频[8]。

或从十五北防河[9]，便至四十西营田[10]。去时里正[11]与裹头[12]，归来头白还戍边。

边庭流血成海水，武皇[13]开边意未已。君不闻，汉家[14]山东二百州，千村万落生荆杞。

纵有健妇把锄犁，禾生陇亩[15]无东西[16]，况复[17]秦兵耐苦战，被驱不异犬与鸡。

长者[18]虽有问，役夫敢伸恨？且如今年冬，未休关西卒。

县官急索租，租税从何出？信知生男恶，反是生女好。

生女犹得嫁比邻，生男埋没随百草。君不见，青海头[19]，古来白骨无人收。

新鬼烦冤旧鬼哭，天阴雨湿声啾啾[20]。

【注释】

①辚（lín）辚：车轮声。②行人：指被征出发的士兵。③耶：通"爷"，父亲。④走：奔跑。⑤咸阳桥：便桥，汉武帝所建，故址

在今陕西咸阳市西南，唐代称咸阳桥，当时为长安通往西北的必经之路。⑥干（gān）：冲。⑦过者：过路的人，这里是杜甫自称。⑧点行（xíng）频：频繁地点名征调壮丁。⑨北防河：当时常与吐蕃发生战争，曾征召陇右、关中、朔方诸军集结河西一带防御。因其地在长安以北，所以说“北防河”。⑩西营田：古时实行屯田制，军队无战事即种田，有战事即作战。“西营田”也是防备吐蕃的。⑪里正：唐制，每百户设一里正，负责管理户口、检查民事、催促赋役等。⑫裹头：男子成丁，就裹头巾，犹古之加冠。古时以皂罗（黑绸）三尺裹头，曰头巾。新兵年纪小，所以需要里正帮他裹头。⑬武皇：汉武帝刘彻。唐诗中常有以汉指唐的委婉避讳方式。这里借武皇代指唐玄宗。唐人诗歌中好以“汉”代“唐”，下文“汉家”也是指唐王朝。⑭汉家：汉朝。这里借指唐。⑮陇（lǒng）亩：田地。陇，通“垄”，在耕地上培成一行的土埂、田埂，中间种植农作物。⑯无东西：不分东西，意思是行列不整齐。⑰况复：更何况。⑱长者：即上文的“道旁过者”，也指有名望的人，即杜甫。征人敬称他为“长者”。⑲青海头：即青海边。这里是自汉代以来，汉族经常与西北少数民族发生战争的地方。唐初也曾在这一带与突厥、吐蕃发生大规模的战争。⑳啾啾：象声词，形容凄厉的哭叫声。

前出塞九首

戚戚去故里，悠悠[1]赴交河。公家有程期[2]，亡命婴祸罗。

君已富土境，开边一何多。弃绝父母恩，吞声行负戈。

其二

出门日已远，不受徒旅欺。骨肉恩岂断，男儿死无时[3]。

走马脱辔头，手中挑青丝。捷下[4]万仞冈，俯身试搴[5]旗。

其三

磨刀呜咽水[6]，水赤刃伤手。欲轻肠断声，心绪乱已久。

丈夫[7]誓许国，愤惋复何有。功名图麒麟，战骨当速朽。

其四

送徒既有长，远戍亦有身。生死向前去，不劳吏怒嗔。

路逢相识人，附书[8]与六亲。哀哉两决绝，不复同苦辛。

其五

迢迢万里馀，领我赴三军。军中异苦乐[9]，主将宁尽闻。

隔河见胡骑，倏忽数百群。我始为奴朴，几时树功勋。

其六

挽弓当挽强，用箭当用长。射人先射马，擒贼先擒王。

杀人亦有限[10]，立国自有疆[11]。苟能制侵陵，岂在多杀伤。

其七

驱马天雨雪[12]，军行入高山。迳危抱寒石，指落曾冰间。

已去汉月[13]远，何时筑城还？浮云暮南征，可望不可攀。

其八

单于[14]寇我垒，百里风尘昏。雄剑四五动[15]，彼军为我奔[16]。

虏其名王[17]归，系颈授辕门[18]。潜身备行列，一胜何足论。

其九

从军十年馀，能无[19]分寸功。众人贵苟得[20]，欲语羞雷同。

中原有斗争，况在狄与戎。丈夫四方志，安可辞固穷。

【注释】

①悠悠：犹漫漫，遥远貌。交河在新疆维吾尔自治区吐鲁番县，是唐王朝防吐蕃处。②有程期：是说赴交河有一定期限。③死无时：是说时时都有死的可能，不一定在战场。正因为生死毫无把握，所以顾不得什么骨肉之恩。④捷下：飞驰而下。⑤搴：拔取。是说从马上俯下身去练习拔旗。⑥呜咽水：指陇头水。《辛氏三秦记》："陇山顶有泉，清水四注，东望秦川如四五里。俗歌：陇头流水，鸣声幽咽。遥望秦川，肝肠欲绝。"以下四句即化用陇头歌。⑦丈夫：犹言男儿、健儿或壮士，是征夫自谓。⑧附书：捎信儿。⑨异苦乐：指苦乐不均。⑩亦有限：是说也有个限度，有个主从。⑪自有疆：是说总归有个疆界。⑫雨雪：即下雪。雨，作动词用。⑬汉月：指祖国。⑭单于：汉时匈奴称其君长曰单于，这里泛指边疆少数民族君长。⑮四五动：是说没费多大气力。⑯奔：奔北，即吃了败仗。⑰名王：如匈奴的左贤王、右贤王，这里泛指贵人。正是所谓"擒贼

先擒王”。⑱辕门：军门。⑲能无：犹“岂无”“宁无”，含有估计的意味。⑳苟得：指争功贪赏。

送高三十五①书记十五韵

崆峒②小麦熟，且愿休王师。请公③问主将，焉用穷荒④为。

饥鹰⑤未饱肉，侧翅随人飞。高生跨鞍马，有似幽⑥并⑦儿。

脱身簿尉中，始与捶楚辞。借问今何官，触热⑧向武威⑨。

答云一书记，所愧国士知。人实不易知，更须慎其仪。

十年出幕府，自可持旌麾⑩。此行既特达⑪，足以慰所思。

男儿功名遂，亦在老大时。常恨结欢浅⑫，各在天一涯。

又如参与商⑬，惨惨中肠悲。惊风吹鸿鹄，不得相追随。

黄尘翳⑭沙漠，念子何当⑮归。边城有馀力，早寄从军诗。

【注释】

①高三十五：即诗人高适，唐人以称呼排行表示尊敬和亲切。时高适为河西节度使哥舒翰掌书记。②崆峒：山名，位于临洮，隶属河西。《唐书·哥舒翰传》：“吐蕃每至麦熟时，即率部众至积石军获取之，共呼为吐蕃麦庄。前后无敢拒之者。至是，翰设伏以待之，杀之略尽，吐蕃屏迹，不敢近青海。”《通鉴》将此事记在天宝六载（747）十月。按高适有《同吕判官从哥舒大夫破洪济城回登积石军多福七级浮图》诗，是高适实参加了这次战役。今又当麦熟，自应休兵息民，加意防守。③公：即高适。④穷荒：贫瘠边远之地。天宝六载（747），翰攻吐蕃石堡城，士卒死者数万。⑤饥鹰：比喻高适。《唐书·高适传》：“适少濩落，不事生业，家贫，客于梁宋，以求丐取给。”⑥幽：河北之地。⑦并：山西之地，俗善骑射，多健儿。⑧触热：冒着炙热。⑨武威：郡名。⑩旌麾：用作指挥的军旗。⑪特达：犹特出，这里有前途远大意。⑫浅：短浅。方聚复散，故曰结欢浅。⑬参与商：参商二星一出一没永不相见，是说分手后难得见面。⑭翳：蔽。⑮何当：何时。

奉留赠集贤院崔于二学士

昭代[1]将垂白，途穷乃叫阍[2]。气冲星象表，词感帝王尊。
天老书题目，春官验讨论。倚风遗鹢路[3]，随水到龙门。
竟与蛟螭[4]杂，空闻燕雀喧。青冥犹契阔，凌厉不飞翻。
儒术诚难起，家声庶已存。故山多药物，胜概忆桃源。
欲整还乡旆，长怀禁掖[5]垣。谬称三赋在，难述二公恩。

【注释】

①昭代：政治清明的时代，常用以称颂本朝或当今时代。②叫阍（hūn）：旧时吏民因冤屈等原因向朝廷申诉称“叫阍”。③鹢（yì）路：指处境的不利或仕途的失意。④蛟螭：犹蛟龙，亦泛指水族等。⑤禁掖：谓宫中旁舍，亦泛指宫廷。

贫交行[1]

翻手作云覆[2]手雨，纷纷轻薄何须数。君不见管鲍[3]贫时交，此道今人弃[4]如土。

【注释】

①贫交行：描写贫贱之交的诗歌。贫交，古歌所说：“采葵莫伤根，伤根葵不生。结交莫羞贫，羞贫友不成。”贫贱方能见真交，而富贵时的交游则未必可靠。②覆：颠倒。③管鲍：即管仲和鲍叔牙。管仲早年与鲍叔牙相处很好，管仲贫困，也欺骗过鲍叔牙，但鲍叔牙始终善待管仲。现在人们常用“管鲍”喻指情谊深厚的朋友。④弃：抛弃。

送韦书记赴安西

夫子欻通贵，云泥[1]相望悬。白头无借在，朱绂[2]有哀怜。

书记赴三捷，公车留二年。欲浮江海去，此别意茫然。

【注释】

①云泥：语出《后汉书·逸民传·矫慎》：“（吴苍）遗书以观其志曰：‘仲彦足下，勤处隐约，虽乘云行泥，栖宿不同，每有西风，何尝不叹！’”云在天，泥在地。后因用“云泥”比喻两物相去甚远，差异很大。②朱绂：古代礼服上的红色蔽膝，后常作为官服的代称，

也指做官。

玄都坛[1]歌寄元逸人

故人昔隐东蒙峰，已佩含景苍精龙。故人今居子午谷，独并阴崖白茅屋。

屋前太古玄都坛，青石漠漠松风寒。子归夜啼山竹裂，王母昼下云旗翻。

知君此计成长往，芝草琅玕日应长。铁锁高垂不可攀，致身福地何萧爽。

【注释】

①玄都坛：古道坛名。

曲江[1]三章章五句

曲江萧条[2]秋气高，菱荷枯折随风涛，游子[3]空嗟[4]垂二毛[5]。

白石素沙[6]亦相荡[7]，哀鸿独叫求其曹[8]。

其二

即事[9]非今亦非古，长歌激越捎林莽[10]，比屋豪华[11]固难数。

吾人[12]甘作心似灰，弟侄何伤[13]泪如雨。

其三

自断[14]此生休问天[15]，杜曲[16]幸有桑麻田[17]，故将移住南山[18]边。

短衣匹马随李广[19]，看射猛虎终残年[20]。

【注释】

①曲江：一名曲江池，故址位于今西安市东南，为汉武帝所造，因池水曲折而得名。唐开元中疏凿为游赏胜地，南有紫云楼和芙蓉苑，西有杏园和慈恩寺，春秋佳日，游人如织。②萧条：寂寥冷落。③游子：杜甫自谓。④嗟：感叹。⑤垂二毛：年将老意。二毛，头发斑白。⑥白石素沙：即净石白沙。⑦相荡：谓白石素沙在水中相荡磨。⑧曹：同类。⑨即事：眼前事物。后因称以书当前事物为题材的诗为即事诗。⑩长歌激越捎林莽：宋玉《风赋》："蹶石伐木，捎杀林莽。"此句意谓长歌当哭，悲愤激烈，声震草木。长歌，

连章叠歌之意。激越，歌声浑厚高亢。捎，摧折。林莽，丛生的草木。⑪比屋豪华：形容富贵豪宅之多。比，相接连。⑫吾人：犹我辈，指杜甫自己。⑬何伤：为何伤心。⑭自断：自己判断。⑮休问天：不必问人。⑯杜曲：亦称下杜，在长安城南，是杜甫的祖籍。杜甫困居长安时，尝家于此。⑰桑麻田：即唐之永业田。《新唐书·食货志一》："授田之制，丁及男年十八以上者，人一顷，其八卜亩为口分，二十亩为永业。""永业之田，树以榆、枣、桑及所宜之木，皆有数。"规定植桑五十株，产麻地另给男夫麻四十亩，故称"桑麻田"。⑱南山：指终南诸山。杜曲在终南山麓，所以称"南山边"。⑲李广：陇西成纪（今甘肃静宁）人，西汉名将，善骑射。⑳残年：犹余生。

奉赠鲜于京兆二十韵

王国称多士，贤良复几人？异才应间出，爽气必殊伦[1]。
始见张京兆，宜居汉近臣。骅骝开道路，雕鹗离风尘。
侯伯知何算，文章实致身。奋飞超等级，容易失沉沦。
脱略磻溪钓，操持郢匠斤。云霄今已逼，台衮[2]更谁亲？
凤穴雏皆好，龙门客又新。义声纷感激，败绩自逡巡。
途远欲何向，天高难重陈。学诗犹孺子，乡赋忝嘉宾。
不得同晁错[3]，吁嗟后郤诜[4]。计疏疑翰墨，时过忆松筠。
献纳纡皇眷，中间谒紫宸。且随诸彦集，方觊薄才伸。
破胆遭前政，阴谋独秉钧。微生沾忌刻，万事益酸辛。
交合丹青地，恩倾雨露辰。有儒愁饿死，早晚报平津。

【注释】

①殊伦：指出类拔萃。②台衮：犹台辅。衮，古代帝王及上公的礼服。③晁错：西汉政治家、文学家，颍川（今河南禹县）人。④郤诜：字广基，济阴单父（今山东省单县）人。

白丝行

缫丝[1]须长不须白，越罗蜀锦金粟尺[2]。象床[3]玉手乱殷红，万草千花动凝碧。

已悲素质随时染，裂下鸣机[4]色相射。美人细意熨贴平，裁缝灭尽针线迹。

春天衣著为君舞，蛱蝶飞来黄鹂语。落絮游丝亦有情，随风照日宜轻举。

香汗清尘污颜色，开新合故置何许。君不见才士汲引难，恐惧弃捐忍羁旅。

【注释】

①缫丝：煮茧抽丝。②金粟尺：用粟米一样小的金子镶成的尺子，用来量取贵重物品。③象床：对络丝时所坐的床的美称。古代缫丝之后有络丝的程序，是将络丝车放在床上进行操作的。④鸣机：是指织绸的机器。

陪郑广文游何将军山林十首

不识南塘路，今知第五桥。名园依绿水，野竹上青霄。
谷口旧相得，濠梁同见招。平生为幽兴，未惜马蹄遥。

其二

百顷风潭上，千章夏木清。卑枝低结子，接叶暗巢莺。
鲜鲫银丝鲙，香芹碧涧羹。翻疑柁楼底，晚饭越中行。

其三

万里戎王子，何年别月支。异花来绝域，滋蔓匝清池。
汉使徒空到，神农竟不知。露翻兼雨打，开拆渐离披。

其四

旁舍连高竹，疏篱带晚花。碾涡深没马，藤蔓曲藏蛇。
词赋工无益，山林迹未赊。尽捻书籍卖，来问尔东家。

其五

剩水沧江破，残山碣石开。绿垂风折笋，红绽雨肥梅。
银甲弹筝用，金鱼换酒来。兴移无洒扫，随意坐莓苔。

其六

风磴吹阴雪，云门吼瀑泉。酒醒思卧簟，衣冷欲装绵。
野老来看客，河鱼不取钱。秖疑淳朴处，自有一山川。

其七

棘树寒云色，茵蔯春藕香。脆添生菜美，阴益食单凉。
野鹤清晨出，山精白日藏。石林蟠水府，百里独苍苍。

其八

忆过杨柳渚，走马定昆池。醉把青荷叶，狂遗白接䍦[1]。

刺船思郢客，解水乞吴儿。坐对秦山晚，江湖兴颇随。

其九

床上书连屋，阶前树拂云。将军不好武，稚子总能文。

醒酒微风入，听诗静夜分。絺衣[2]挂萝薜[3]，凉月白纷纷。

其十

幽意忽不惬，归期无奈何。出门流水住，回首白云多。

自笑灯前舞，谁怜醉后歌？只应与朋好，风雨亦来过。

【注释】

①白接䍦：白巾。②絺衣：细葛布衣。③萝薜：泛指攀援的蔓生植物，也指女萝和薜荔。

丽人行

三月三日[1]天气新，长安水边多丽人。态浓意远淑且真，肌理细腻骨肉匀。

绣罗衣裳照莫春，蹙金孔雀银麒麟。

头上何所有？翠微匎叶垂鬓唇。背后何所见？珠压[2]腰衱[3]稳称身。

就中[4]云幕椒房[5]亲，赐名大国虢与秦。紫驼之峰[6]出翠釜，水精[7]之盘行[8]素鳞。

犀筯[9]厌饫[10]久未下，鸾刀缕切[11]空纷纶[12]。黄门[13]飞鞚[14]不动尘，御厨络绎送八珍。

箫管哀吟感鬼神，宾从杂遝实要津[15]。后来鞍马[16]何逡巡[17]，当轩下马入锦茵。

杨花雪落覆白蘋[18]，青鸟[19]飞去衔红巾。炙手可热势绝伦，慎莫近前丞相嗔[20]。

【注释】

①三月三日：为上巳日，唐代长安仕女多于此日到城南曲江游玩踏青。②珠压：谓珠按其上，使不让风吹起，故下云“稳称身”。③腰衱：裙带。④就中：其中。⑤椒房：汉代皇后居室，以椒和泥涂壁。后世因称皇后为椒房，皇后家属为椒房亲。⑥紫驼之峰：即驼峰，是一种珍贵的食品。唐贵族食品中有“驼峰炙”。⑦水精：即水晶。⑧行：传送。⑨犀筯：犀牛角制成的筷子。⑩厌饫：吃得

腻了。⑪缕切：细切。⑫空纷纶：厨师们白白忙乱一番，贵人们吃不下。⑬黄门：宦官。⑭飞鞚：即飞马。⑮要津：本指重要渡口，这里喻指杨国忠兄妹的家门，所谓“虢国门前闹如市”。⑯后来鞍马：指杨国忠，故意不在这里明说。⑰逡巡：原意为欲进不进，这里是顾盼自得的意思。⑱杨花雪落覆白蘋：是隐语，以曲江暮春的自然景色来影射杨国忠与其从妹虢国夫人（嫁裴氏）的暧昧关系，又引北魏胡太后与杨白花私通事，因太后曾作“杨花飘荡落南家”及“愿衔杨花入窠里”诗句，后人有“杨花入水化为浮萍”之说，萍之大者为蘋。杨花、萍和蘋虽为三物，实出一体，因此以杨花覆苹影射兄妹苟且乱伦。据史载：“虢国素与国忠乱，颇为人知，不耻也。每入谒，并驱道中，从监、侍姆百余骑，炬密如昼，靓妆盈里，不施帏障，时人谓为雄狐。”⑲青鸟：神话中鸟名，西王母使者。相传西王母将见汉武帝时，先有青鸟飞集殿前，后常被用作男女之间的信使。⑳“炙手”二句：言杨氏权倾朝野，气焰灼人，无人能比。丞相，指杨国忠，天宝十一载（752）十一月为右丞相。

九日曲江

缀席茱萸好，浮舟菡萏[①]衰。百年秋已半，九日意兼悲。
江水清源曲，荆门此路疑。晚来高兴尽，摇荡菊花期。

【注释】

①菡萏：荷花的别称。

卷三

奉陪郑驸马韦曲[①]二首

韦曲花无赖，家家恼杀人。绿樽须尽日，白发好禁春[②]。
石角钩衣破，藤梢刺眼新。何时占丛竹，头戴小乌巾。

其二

野寺垂杨里，春畦[③]乱水间。美花多映竹，好鸟不归山。

城郭终何事，风尘岂驻颜。谁能与公子，薄暮欲俱还。

【注释】

①韦曲：唐有韦曲镇，位于今西安市长安区，因诸韦聚居得名。以东五里即今长安城区东，少陵原东南端，有杜曲，为诸杜世居之地，合称韦杜。②禁春：消受春光，留连春景。③春畦（qí）：春日的田园。

重过何氏五首

问讯东桥竹，将军有报书。倒衣还命驾，高枕乃吾庐。
花妥莺捎蝶，溪喧獭趁鱼。重来休沐地，真作野人居。

其二

山雨樽仍在，沙沉榻未移。犬迎曾宿客，鸦护落巢儿。
云薄翠微寺，天清皇子陂。向来幽兴极，步屧向东篱。

其三

落日平台上，春风啜茗时。石栏斜点笔，桐叶坐题诗。
翡翠鸣衣桁①，蜻蜓立钓丝。自今幽兴熟，来往亦无期。

其四

颇怪朝参②懒，应耽野趣③长。雨抛金锁甲，苔卧绿沉枪。
手自移蒲柳④，家才足稻粱。看君用幽意，白日到羲皇。

其五

到此应常宿，相留可判年。蹉跎暮容色，怅望好林泉。
何日沾微禄⑤，归山买薄田⑥。斯游恐不遂，把酒意茫然。

【注释】

①衣桁：挂衣服的横木，即衣架。②朝参：古代百官上朝参拜君主。③野趣：山野的情趣。④蒲柳：即水杨，生长于水边，质性柔弱且树叶早落。⑤微禄：微薄的俸禄。⑥薄田：贫瘠的田。有时也用以谦称自己的田地。

陪诸贵公子丈八沟携妓纳凉晚际遇雨二首

落日放船好，轻风生浪迟。竹深留客处，荷净纳凉时。
公子调冰水①，佳人雪藕丝②。片云头上黑，应是雨催诗。

其二

雨来沾[3]席上，风急打船头。越女[4]红裙湿，燕姬[5]翠黛愁。

缆[6]侵堤柳系，幔卷浪花浮。归路翻[7]萧飒[8]，陂塘[9]五月秋。

【注释】

①调冰水：用冰调制冷饮之水。②雪藕丝：把藕的白丝除掉。③沾：打湿。④越女：越地的美女，代指歌妓。⑤燕姬：燕地的美女，代指歌妓。⑥缆：系船的绳子。⑦翻：却。⑧萧飒：（秋风）萧瑟。⑨陂塘：水塘。此指丈八沟。

醉时歌

诸公衮衮[1]登台省[2]，广文先生官独冷。甲第纷纷厌粱肉，广文先生饭不足。

先生有道出羲皇，先生有才过屈宋。德尊一代常坎轲，名垂万古知何用。

杜陵野客人更嗤，被褐短窄鬓如丝。日籴太仓五升米，时赴郑老同襟期。

得钱即相觅，沽酒不复疑。忘形到尔汝，痛饮真吾师。

清夜沉沉动春酌，灯前细雨檐花落。但觉高歌有鬼神，焉知饿死填沟壑。

相如逸才亲涤器，子云识字终投阁。先生早赋归去来，石田茅屋荒苍苔。

儒术于我何有哉，孔丘盗跖俱尘埃。不须闻此意惨怆，生前相遇且衔杯。

【注释】

①衮衮：相继不绝之意。②台省：指中枢显要之职。

城西陂[1]泛舟

青蛾[2]皓齿在楼船[3]，横笛短箫悲远天[4]。春风自信[5]牙樯动，迟日[6]徐看锦缆牵[7]。

鱼吹细浪摇[8]歌扇[9]，燕蹴[10]飞花落舞筵。不有小舟能荡桨，百壶那送酒如泉。

【注释】

①城西陂（bēi）：即杜诗中经常提到的渼陂，是由终南山谷中的水与胡公泉之水汇集而成的一个湖泊，周回十四里。陂，池塘。②青蛾：青黛画的眉毛。③楼船：外观高大巍峨，一般甲板上有三层建筑，甲板建筑的四周还有较大的空间和信道，便于士兵往来，甚至可以行车、骑马。④远天：高远的天空。这里指音乐声传得又高又远，所谓“半入江风半入云”（《赠花卿》）。⑤信：任。⑥迟日：春天日渐长，所以说迟日，语出《诗经·豳风·七月》：“春日迟迟。”杜甫有著名绝句“迟日江山丽，春风花草香。泥融飞燕子，沙暖睡鸳鸯”，所描写的“迟日”风光也是春天的景色。⑦徐看锦缆牵：实际应为“看锦缆徐牵”。诗歌之中常因格律或对仗的需要而移动字的位置。⑧摇：指水中扇影摇曳。⑨歌扇：歌者以扇遮面。歌扇是唐朝舞乐中的常用之物。⑩蹴：踩，踏。

渼陂行

岑参兄弟皆好奇，携我远来游渼陂。天地黤惨①忽异色，波涛万顷堆琉璃②。

琉璃汗漫泛舟入，事殊兴极忧思集。鼍作鲸吞不复知，恶风白浪何嗟及。

主人锦帆相为开，舟子喜甚无氛埃。凫鹥散乱棹讴发，丝管啁啾空翠来。

沉竿续缦③深莫测，菱叶荷花净如拭。宛在中流渤澥清，下归无极终南黑。

半陂以南纯浸山，动影袅窕④冲融⑤间。船舷暝戛云际寺，水面月出蓝田关。

此时骊龙亦吐珠，冯夷击鼓群龙趋。湘妃汉女出歌舞，金支翠旗光有无。

咫尺但愁雷雨至，苍茫不晓神灵意。少壮几时奈老何，向来哀乐何其多。

【注释】

①黤惨：天色昏黑。②琉璃：涌波清彻也。③缦：丝弦。④袅窕：山影动摇。⑤冲融：水波平定。

渼陂西南台

高台面苍陂，六月风日冷。蒹葭离披去，天水相与永。怀新目似击，接要心已领。仿像识鲛人[①]，空蒙辨鱼艇[②]。错磨终南翠，颠倒白阁影。崷崒[③]增光辉，乘陵惜俄顷。劳生愧严郑[④]，外物慕张邴[⑤]。世复轻骅骝[⑥]，吾甘杂鼃黾[⑦]。

知归俗所忌，取适事莫并。身退岂待官，老来苦便静。况资菱芡足，庶结茅茨迥。从此具扁舟，弥年逐清景。

【注释】

①鲛人：鱼尾人身，谓人鱼之灵异者。②鱼艇：指轻便渔船。③崷崒：高峻。④严郑：汉隐士严君平、郑子真的并称。⑤张邴：汉张良和邴汉的并称，二人均弃官归隐。⑥骅骝：赤色的骏马。⑦鼃黾（wā miǎn）：蛙类动物。

与鄠县源大少府宴渼陂

应为西陂[①]好，金钱罄一餐。饭抄云子白，瓜嚼水精寒。无计回船下，空愁避酒难。主人情烂熳，持答翠琅玕。

【注释】

①西陂：即渼陂。

赠田九判官梁丘

崆峒使节[①]上青霄[②]，河[③]陇[④]降王款[⑤]圣朝[⑥]。宛马[⑦]总肥[⑧]秦苜蓿，将军[⑨]只数汉嫖姚[⑩]。

陈留[⑪]阮瑀[⑫]谁争长[⑬]，京兆田郎[⑭]早见[⑮]招。麾下[⑯]赖君才并美[⑰]，独能无意向[⑱]渔樵[⑲]。

【注释】

①崆峒使节：指哥舒翰，时任河西节度使。崆峒，山名，这里指属哥舒翰辖内、位于今日甘肃的崆峒山。②青霄：青天、高空。③河：指黄河。④陇：古地名，在今甘肃省。⑤款：叩。⑥圣朝：即当时的朝代（唐朝）。为了歌功颂德的需要，古人往往把本朝称为圣朝。⑦宛马：大宛马。大宛是古代中亚位于丝绸之路上的一个国家，在今塔吉克斯坦共和国费尔干纳谷地，该国以出产汗血宝马（即大宛马）

著称。⑧肥：以（苜蓿）为肥美。⑨将军：这里指哥舒翰。⑩汉嫖姚：即霍去病，西汉名将。十七岁随大将卫青出征匈奴，任嫖姚校尉。⑪陈留：地名，今河南省陈留县。⑫阮瑀：汉朝文学家，此处指高适。高适，唐朝著名诗人，也是杜甫的老友，他曾担任县尉的地方封丘（今河南封丘县），属于当时的陈留郡。⑬谁争长：意为谁的水平能与高适争高低，言高适才高。争长，语出《左传·隐公十一年》："滕侯、薛侯来朝，争长。"⑭京兆田郎：典出自东汉赵岐所著的《三辅决录·田凤》："长陵田凤，字季宗，为尚书郎。仪貌端正，人奏事，灵帝目送之，因题根柱曰：'堂堂乎张，京兆田郎。'"因为同姓，这里用来指代田梁丘。⑮见：表示被动，相当于"被"。⑯麾下：这里指哥舒翰的部下。麾，古代供指挥用的旌旗。⑰才并美：人才济济。并，在这里是都、全、皆的意思。⑱向：于。⑲渔樵：杜甫自比。杜甫后来还曾写道"渔樵寄此生"（《村夜》）。

投赠哥舒开府翰二十韵

今代麒麟阁，何人第一功？君王自神武，驾驭必英雄。
开府当朝杰，论兵迈古风。先锋百战在，略地两隅空。
青海无传箭，天山早挂弓。廉颇[①]仍走敌，魏绛已和戎。
每惜河湟弃，新兼节制通。智谋垂睿想，出入冠诸公。
日月低秦树，乾坤绕汉宫。胡人愁逐北，宛马又从东。
受命边沙[②]远，归来御席[③]同。轩墀曾宠鹤[④]，畋猎旧非熊[⑤]。
茅土加名数，山河誓始终。策行遗战伐，契合动昭融。
勋业青冥上，交亲气概中。未为珠履客，已见白头翁。
壮节初题柱，生涯独转蓬。几年春草歇，今日暮途穷。
军事留孙楚，行间识吕蒙。防身一长剑，将欲倚崆峒。

【注释】

①廉颇：赵良将，破齐攻魏，封为信平君。②边沙：谓远镇。③御席：谓赐宴。④宠鹤：指禄山、思顺。⑤非熊：专指哥舒翰。

寄高三十五书记

叹惜高生老，新诗日又多。美名人不及，佳句法如何。
主将[①]收才子，崆峒足凯歌。闻君已朱绂，且得慰蹉跎。

【注释】

①主将：指哥舒翰。

送张十二参军赴蜀州因呈杨五侍御

好去张公子，通家别恨添。两行秦树直，万点蜀山尖。御史新骢马，参军旧紫髯。皇华吾善处，于汝定无嫌。

赠陈二补阙

世儒多汩没，夫子独声名。献纳开东观，君王问长卿。皂雕[①]寒始急，天马[②]老能行。自到青冥里，休看白发生。

【注释】

①皂雕：一种黑色大型猛禽。②天马：大宛善马。

病后过王倚饮赠歌

麟角凤觜[①]世莫辨，煎胶续弦[②]奇自见。尚看王生抱此怀，在于甫也何由羡。

且过王生慰畴昔[③]，素知贱子[④]甘贫贱。酷见冻馁[⑤]不足耻，多病沉年[⑥]苦无健。

王生怪我颜色恶[⑦]，答云伏枕[⑧]艰难遍。疟疠三秋孰可忍，寒热[⑨]百日相交战。

头白眼暗坐有胝[⑩]，肉黄皮皱命如线[⑪]。惟生[⑫]哀我未平复[⑬]，为我力致美肴膳[⑭]。

遣人向市赊香粳[⑮]，唤妇出房亲自馔。长安冬菹[⑯]酸且绿，金城[⑰]土酥[⑱]净如练。

兼求畜豪[⑲]且割鲜，密沽斗酒谐终宴。故人情义晚谁似，令我手足轻欲旋。

老马为驹信不虚，当时得意况深眷[⑳]。但使残年饱吃饭，只愿无事长相见。

【注释】

①麟角凤觜：喻罕见之物。②煎胶续弦：旧题汉东方朔《海内十洲记》载，西海中有凤麟洲，仙家煮凤喙及麟角合煎作胶，名为集弦胶，或名连金泥。此胶能续断弦折剑。③畴昔：往日。④贱子：

杜甫自称。⑤冻馁：饥寒交迫。⑥沉年：终年。⑦颜色恶：病容枯槁。⑧伏枕：卧床。⑨寒热：忽冷忽热，俗称打摆子。⑩胝：褥疮。⑪命如线：言性命如一线系之，危在旦夕。⑫生：指王倚。⑬平复：康复。⑭肴膳：饭菜。⑮香粳：稻的一种。⑯菹：酸菜。⑰金城：唐县名，在今陕西兴平县。⑱土酥：土产之酥。酥，奶酪。⑲畜豪：即猪。⑳深眷：深深眷恋。

送裴二虬尉永嘉

孤屿亭何处，天涯水气中。故人官就此，绝境兴谁同。

隐吏逢梅福，游山忆谢公。扁舟吾已僦[1]，把钓待秋风。

【注释】

①僦（jiù）：租赁。

赠献纳使起居田舍人澄

献纳司存雨露边，地分清切任才贤。舍人退食收封事，宫女开函捧御筵。

晓漏追趋青琐闼[1]，晴窗点检白云篇。扬雄更有《河东赋》，唯待吹嘘送上天。

【注释】

①青琐闼：宫门，借指皇宫、朝廷。

崔驸马山亭宴集

萧史幽栖地，林间踏凤毛。洑流何处入，乱石闭门高。

客醉挥金碗，诗成得绣袍。清秋多宴会，终日困香醪[1]。

【注释】

①香醪：香气浓郁，指美酒。

示从孙济

平明跨驴出，未知适谁门。权门多噂沓，且复寻诸孙。

诸孙贫无事，宅舍如荒村。堂前自生竹，堂后自生萱。萱草秋已死，竹枝霜不蕃。

淘米少汲水，汲多井水浑。刈葵莫放手，放手伤葵根。

阿翁懒惰久，觉儿行步奔。所来为宗族，亦不为盘飧[1]。

小人利口实，薄俗难具论。勿受外嫌猜，同姓古所敦。

【注释】

①飧（sūn）：指晚饭，亦泛指熟食、饭食。

九日寄岑参[1]

出门复[2]入门，雨脚但如旧。所向泥活活[3]，思君令人瘦。

沉吟坐西轩，饮食错昏昼[4]。寸步[5]曲江头，难为一相就。

吁嗟乎苍生，稼穑不可救。安得诛云师[6]，畴[7]能补天漏。

大明[8]韬[9]日月，旷野号禽兽。君子[10]强逶迤[11]，小人[12]困驰骤。

维南有崇山，恐与川浸溜[13]。是节东篱菊，纷披[14]为谁秀。

岑生多新诗，性亦嗜醇酎[15]。采采黄金花[16]，何由满衣袖。

【注释】

①岑参：盛唐著名诗人，为杜甫诗友。②复：再三再四。因为雨所困，方欲出门访友，又复入门。③泥活活：走在泥淖中发出的声音。④饮食错昏昼：阴雨不辨昏昼，故饮食颠倒。⑤寸步：是说离得很近，但难得去拜访。⑥云师：云神。⑦畴：谁。⑧大明：即指日月。⑨韬：韬晦。日夜下雨，故日月尽晦。⑩君子：指朝廷官员。⑪逶迤：从容自得的样子。这句指朝官虽有车马，但上朝退朝，来往泥泞，也只能勉强摆出一副官架子。语含讥讽。⑫小人：指平民和仆役。他们都是徒步，所以困于奔走。⑬溜：水流漂急。⑭纷披：是盛开，不能赏玩，所以说“为谁秀”。⑮醇酎：醇酒。⑯黄金花：指菊花，古人多用菊花制酒。

叹庭前甘菊花

庭前甘菊移时晚，青蕊重阳不堪摘。明日萧条醉尽醒，残花烂熳开何益？

篱边野外多众芳，采撷[1]细琐升中堂。念兹空长大枝叶，结根失所缠风霜。

【注释】

①采撷：指摘取，犹采摘。语出南朝齐谢朓《杂咏·席》：“遇君时采撷，玉座奉金卮。”

承沈八丈东美徐膳部员外郎阻雨未遂驰贺奉寄此诗

今日西京掾，多除南省郎。通家惟沈氏，谒帝似冯唐。
诗律群公问，儒门旧史长。清秋便寓直，列宿[①]顿辉光。
未暇申安慰，含情空激扬。司存何所比，膳部[②]默凄伤。
贫贱人事略，经过霖潦妨。礼同诸父长，恩岂布衣忘。
天路牵骐骥，云台引栋梁。徒怀贡公喜，飒飒鬓毛苍。

【注释】

①列宿：众星宿，特指二十八宿。②膳部：古官署名。掌祭器、牲豆、酒膳及藏冰等事。

苦雨奉寄陇西公兼呈王征士

今秋乃淫雨[①]，仲月来寒风。群木水光下，万家云气中。
所思碍行潦，九里信不通。悄悄素浐路，迢迢天汉东。
愿腾六尺马，背若孤征鸿。划见公子面，超然欢笑同。
奋飞既胡越，局促伤樊笼。一饭四五起，凭轩心力穷。
嘉蔬没溷浊，时菊碎榛丛。鹰隼[②]亦屈猛，乌鸢何所蒙。
式瞻北邻居，取适南巷翁。挂席钓川涨，焉知清兴终。

【注释】

①淫雨：持续过久的雨。②鹰隼（sǔn）：鹰和雕，泛指凶猛的鸟，用来比喻凶猛或勇猛。

秋雨叹三首

雨中百草秋烂死，阶下决明颜色鲜。著叶满枝翠羽盖，开花无数黄金钱。

凉风萧萧吹汝急，恐汝后时难独立。堂上书生空白头，临风三嗅馨香泣。

其二

阑风伏雨[①]秋纷纷，四海八荒同一云。去马来牛不复辨，浊泾清渭何当分。

禾头生耳黍穗黑，农夫田父无消息。城中斗米换衾裯，相许宁论两相直。

其三

长安布衣谁比数，反锁衡门守环堵。老夫不出长蓬蒿，稚子无忧走风雨。

雨声飕飕催早寒，胡雁翅湿高飞难。秋来未曾见白日，泥污后土何时乾。

【注释】

①阑风伏雨：指夏秋之际的风雨。

奉赠太常张卿垍二十韵

方丈三韩外，昆仑万国西。建标天地阔，诣绝古今迷。
气得神仙迥，恩承雨露低。相门清议众，儒术大名齐。
轩冕[1]罗天阙，琳琅识介珪。伶官诗必诵，夔乐[2]典犹稽。
健笔凌鹦鹉，铦锋莹鹂鹈。友于皆挺拔，公望各端倪。
通籍逾青琐，亨衢照紫泥。灵虬传夕箭，归马散霜蹄。
能事闻重译，嘉谟及远黎。弼谐方一展，班序更何跻。
适越空颠踬，游梁竟惨凄。谬知终画虎，微分是醯鸡。
萍泛无休日，桃阴想旧蹊。吹嘘人所羡，腾跃事仍睽。
碧海真难涉，青云不可梯。顾深惭锻炼，才小辱提携。
槛束哀猿叫，枝惊夜鹊栖。几时陪羽猎，应指钓璜溪[3]。

【注释】

①轩冕：原指古时大夫以上官员的车乘和冕服，后引申为官位爵禄，国君或显贵者，泛指为官。②夔乐：借指庙堂雅乐。夔为舜时乐官，故称。③璜溪：即磻溪。相传太公望（姜太公）在磻溪钓得玉璜，故名。

上韦左相二十韵

凤历轩辕纪，龙飞四十春。八荒开寿域，一气转洪钧。
霖雨思贤佐，丹青忆旧臣。应图求骏马，惊代得骐驎。
沙汰江河浊，调和鼎鼐[1]新。韦贤初相汉，范叔已归秦。
盛业今如此，传经固绝伦。豫樟深出地，沧海阔无津。
北斗司喉舌，东方领搢绅[2]。持衡留藻鉴，听履上星辰。
独步才超古，馀波德照邻。聪明过管辂，尺牍倒陈遵。
岂是池中物，由来席上珍。庙堂知至理，风俗尽还淳。
才杰俱登用，愚蒙但隐沦。长卿多病久，子夏索居频。

回首驱流俗，生涯似众人。巫咸不可问，邹鲁莫容身。
感激时将晚，苍茫兴有神。为公歌此曲，涕泪在衣巾。

【注释】

①鼎鼐：比喻朝政。②搢绅：有官职的或做过官的人。

沙苑行

君不见，左辅白沙如白水，缭以周墙百馀里。龙媒昔是渥洼生，汗血今称献于此。

苑中騋牝[1]三千匹，丰草青青寒不死。食之豪健西域无，每岁攻驹冠边鄙。

王有虎臣司苑门，入门天厩皆云屯。骕骦一骨独当御，春秋二时归至尊。

内外马数将盈亿，伏枥在坰空大存。逸群绝足信殊杰，倜傥权奇难具论。

累累塠阜[2]藏奔突，往往坡陀纵超越。角壮翻腾麇鹿游，浮深簸荡鼋鼍窟。

泉出巨鱼长比人，丹砂作尾黄金鳞。岂知异物同精气，虽未成龙亦有神。

【注释】

①騋牝（lái pìn）：泛指马。②塠（duī）阜：小山丘。

桥陵诗三十韵因呈县内诸官

先帝昔晏驾，兹山朝百灵。崇冈拥象设，沃野开天庭。
即事壮重险，论功超五丁。坡陀因厚地，却略罗峻屏。
云阙虚冉冉，松风肃泠泠。石门霜露白，玉殿莓苔青。
宫女晚知曙，祠官朝见星。空梁簇画戟，阴井敲铜瓶。
中使日相继，惟王心不宁。岂徒卹备享，尚谓求无形。
孝理敦国政，神凝推道经。瑞芝产庙柱，好鸟鸣岩扃。
高岳前嵂崒[1]，洪河左滢濙[2]。金城蓄峻趾，沙苑交回汀。
永与奥区固，川原纷眇冥。居然赤县立，台榭争岧亭。
官属果称是，声华真可听。王刘美竹润，裴李春兰馨。
郑氏才振古，啖侯笔不停。遣词必中律，利物常发硎。
绮绣相展转，琳琅愈青荧。侧闻鲁恭化，秉德崔瑗铭。

太使候凫影，王乔随鹤翎。朝仪限霄汉，容思回林坰[③]。
辘轲辞下杜，飘飖凌浊泾。诸生旧短褐，旅泛一浮萍。
荒岁儿女瘦，暮途涕泗零。主人念老马，廨署容秋萤。
流寓理岂惬，穷愁醉不醒。何当摆俗累，浩荡乘沧溟。

【注释】

①嵂崒：高耸貌。②滢濙：水流回旋貌。③林坰：郊野。野外称林，林外称坰。

送蔡希鲁都尉还陇右因寄高三十五书记

蔡子勇成癖，弯弓西射胡。健儿宁斗死，壮士耻为儒。
官是先锋得，才缘挑战须。身轻一鸟过，枪急万人呼。
云幕随开府，春城赴上都。马头金匼匝[①]，驼背锦模糊。
咫尺雪山路，归飞青海隅。上公犹宠锡[②]，突将且前驱。
汉使黄河远，凉州白麦枯。因君问消息，好在阮元瑜。

【注释】

①匼匝（kē zā）：周匝环绕。②宠锡：帝皇的恩赐。

醉歌行

陆机二十作《文赋》，汝更少年能缀文。总角草书又神速，世上儿子徒纷纷。

骅骝作驹已汗血，鸷鸟举翮[①]连青云。词源倒流三峡水，笔阵独扫千人军。

只今年才十六七，射策君门期第一。旧穿杨叶真自知，暂蹶霜蹄未为失。

偶然擢秀[②]非难取，会是排风有毛质。汝身已见唾成珠，汝伯何由发如漆。

春光潭沱秦东亭，渚蒲牙白水荇青。风吹客衣日杲杲，树搅离思花冥冥。

酒尽沙头双玉瓶，众宾皆醉我独醒。乃知贫贱别更苦，吞声踯躅涕泪零。

【注释】

①翮：禽鸟羽毛中间的硬管，代指鸟翼、鸟。②擢秀：形容人才之出众。

陪李金吾花下饮

胜地初相引，徐行得自娱。见轻吹鸟毳[①]，随意数花须。
细草偏称坐，香醪懒再沽。醉归应犯夜，可怕执金吾。

【注释】

①鸟毳（cuì）：鸟腹细毛。

官定后戏赠

不作河西尉，凄凉为折腰。老夫怕趋走[①]，率府且逍遥。
耽酒须微禄，狂歌托圣朝。故山归兴尽，回首向风飙。

【注释】

①趋走：犹奔走，指侍候上司。

去矣行

君不见鞲[①]上鹰[②]，一饱即飞掣。焉能作堂上燕[③]，衔泥附炎热。

野人旷荡无靦颜[④]，岂可久在王侯间。未试囊中餐玉法，明朝且入蓝田[⑤]山。

【注释】

①鞲：放鹰人所着的臂衣。②鹰：杜甫多以鹰拟人或自拟，这里也是自比。③燕：比喻小人。④靦颜：犹厚颜。⑤蓝田：山名，在长安东南三十里，出玉。

夜听许十一诵诗爱而有作

许生五台宾，业白出石壁。余亦师粲可，身犹缚禅寂。
何阶子方便，谬引为匹敌。离索晚相逢，包蒙欣有击。
诵诗浑游衍[①]，四座皆辟易[②]。应手看捶钩，清心听鸣镝。
精微穿溟涬[③]，飞动摧霹雳。陶谢不枝梧，风骚共推激。
紫燕自超诣，翠驳谁剪剔。君意人莫知，人间夜寥阒。

【注释】

①游衍：优游宽衍、从容不迫的样子。②辟易：拜服，倾倒。③溟涬：天体未形成前的浑然元气。

戏简郑广文兼呈苏司业[1]

广文到官舍，系马堂阶下。醉则骑马归，颇遭官长骂。

才名三十年，坐客寒无毡。赖有苏司业，时时乞酒钱。

【注释】

①苏司业：即苏源明。

夏日李公[1]见访

远林[2]暑气薄[3]，公子过[4]我游。贫居类村坞[5]，僻近[6]城南楼。

傍舍颇淳朴，所须亦易求。隔屋唤西家，借问有酒不。

墙头过浊醪[7]，展席俯长流。清风左右至，客意已惊秋。

巢多众鸟斗，叶密鸣蝉稠[8]。苦遭此物聒，孰谓吾庐幽。

水花[9]晚色静，庶足充淹留[10]。预恐樽中尽，更起为君谋。

【注释】

①李公：李炎，时为太子家令。②远林：即远郊的林子。③薄：稀少，稀薄，指远林暑气稀薄，可以避暑。④过：拜访，探问。⑤村坞：村庄。坞，村外筑土形成的小土堡。⑥僻近：靠近。⑦浊醪：浊酒。⑧稠：众多。⑨水花：莲花。⑩淹留：长期逗留。

卷四

天育[1]骠图歌

吾闻天子之马[2]走千里，今之画图无乃[3]是。是何意态雄且杰，骏尾萧梢[4]朔风起。

毛为绿缥[5]两耳黄[6]，眼有紫焰双瞳方。矫矫龙性[7]含变化，卓立天骨森开张[8]。

伊昔太仆[9]张景顺，监牧攻[10]驹阅清峻。遂令大奴[11]字[12]天育，别养骥子[13]怜神骏。

当时四十万匹马，张公叹其材尽下[14]。故独写真传世人，见之座右久更新[15]。

年多[16]物化[17]空形影，呜呼健步无由骋[18]。如今岂无騕褭[19]与骅骝，时无王良[20]伯乐死即休。

【注释】

①天育：皇家马厩名。②天子之马：指周穆王的八骏。③无乃：只怕的意思，推测词。④萧梢：摇尾之态。⑤缥：淡青色。⑥两耳黄：即黄耳，千里马的一种。⑦龙性：古代有骏马为龙种之说。⑧森开张：耸立展开。⑨太仆：官名，监牧马。⑩攻：攻治，即训练。⑪大奴：牧马人头目。⑫字：即养育。⑬骥子：即骠骑。⑭材尽下：都是凡庸的马。⑮久更新：百看不厌，日久弥新。⑯年多：马为开元时物，至天宝来，已历多年。⑰物化：化为异物，即已死去。⑱无由骋：不能驰骋。⑲騕褭：古代骏马，日行千里。⑳王良：春秋时赵人，善御马。

骢马行

邓公马癖[①]人共知，初得花骢[②]大宛种。夙昔传闻思一见，牵来左右神皆竦。

雄姿逸态何崷崒，顾影骄嘶自矜宠。隅目青荧夹镜悬，肉骏碨礧连钱动。

朝来少试华轩下，未觉千金满高价。赤汗微生白雪毛，银鞍却覆香罗帕。

卿家旧赐公取之，天厩真龙此其亚。昼洗须腾泾渭深，夕趋可刷幽并夜。

吾闻良骥老始成，此马数年人更惊。岂有四蹄疾于鸟，不与八骏俱先鸣。

时俗造次那得致，云雾晦冥[③]方降精[④]。近闻下诏喧都邑，肯使骐驎地上行。

【注释】

①马癖：爱马之癖。②花骢：即五花马。③晦冥：昏暗，阴沉。④降精：生下良马。

魏将军歌

将军昔著从事衫[①]，铁马驰突重两衔。被坚[②]执锐[③]略西极，昆仑月窟[4]东崭岩[5]。

君门羽林[6]万猛士，恶若哮虎子所监[7]。五年起家列霜戟，一日过海收风帆。

平生流辈徒蠢蠢，长安少年气欲尽。魏侯骨耸精爽紧，华岳峰尖见秋隼。

星缠宝校金盘陀，夜骑天驷超天河。欃枪[8]荧惑[9]不敢动，翠蕤云旓相荡摩。

吾为子起歌都护，酒阑插剑肝胆露，钩陈苍苍玄武暮。

万岁千秋奉明主，临江节士安足数。

【注释】

①从事衫：戎衣。②被坚：谓甲胄。③执锐：谓利兵。④月窟：月亮升起的地方。⑤崭岩：山石高峻貌。⑥羽林：指皇家禁卫军。⑦监：领。⑧欃（chán）枪：彗星的别称。⑨荧惑：火星。

白水[1]明府舅宅喜雨

吾舅政如此，古人谁复过。碧山晴又湿，白水雨偏多。

精祷既不昧，欢娱将谓何？汤年旱颇甚，今日醉弦歌。

【注释】

①白水：县名，唐属同州，今属陕西。

九日杨奉先会白水崔明府

今日潘怀县[1]，同时陆浚仪[2]。坐开桑落酒，来把菊花枝。

天宇清霜净，公堂宿雾披。晚酣留客舞，凫舄共差池。

【注释】

①潘怀县：即潘岳。②陆浚仪：指晋代陆云。陆云出补浚仪令，故称。

自京赴奉先县咏怀五百字

杜陵有布衣，老大意转拙。许身[1]一何愚，窃比稷与契[2]。

居然成濩落[3]，白首甘契阔[4]。盖棺事则已，此志常觊豁[5]。

穷年忧黎元，叹息肠内热。取笑同学翁，浩歌弥激烈。

非无江海志，萧洒送日月。生逢尧舜君[6]，不忍便永诀。

当今廊庙具，构厦岂云缺？葵藿倾太阳，物性固难夺。
顾惟蝼蚁辈，但自求其穴。胡为慕大鲸，辄拟偃溟渤？
以兹悟生理，独耻事干谒。兀兀[7]遂至今，忍为尘埃没。
终愧巢与由[8]，未能易其节。沉饮聊自遣，放歌破愁绝。
岁暮百草零，疾风高冈裂。天衢[9]阴峥嵘[10]，客子中夜发。
霜严衣带断，指直不能结。凌晨过骊山，御榻在嵽嵲[11]。
蚩尤塞寒空，蹴踏崖谷滑。瑶池气郁律，羽林相摩戛。
君臣留欢娱，乐动殷胶葛。赐浴皆长缨，与宴非短褐。
彤庭[12]所分帛，本自寒女出。鞭挞其夫家，聚敛贡城阙。
圣人筐篚[13]恩，实愿邦国活。臣如忽至理，君岂弃此物。
多士盈朝廷，仁者宜战栗。况闻内金盘，尽在卫霍[14]室。
中堂有神仙，烟雾蒙玉质。煖客貂鼠裘，悲管逐清瑟。
劝客驼蹄羹，霜橙压香橘。朱门酒肉臭，路有冻死骨。
荣枯咫尺异，惆怅难再述。北辕就泾渭，官渡又改辙。
群水从西下，极目高崒兀。疑是崆峒来，恐触天柱折[15]。
河梁幸未拆，枝撑声窸窣。行李相攀援，川广不可越。
老妻寄异县，十口隔风雪。谁能久不顾？庶往共饥渴。
入门闻号咷，幼子饿已卒。吾宁舍一哀，里巷亦呜咽。
所愧为人父，无食致夭折。岂知秋禾登，贫窭[16]有仓卒[17]。
生常免租税，名不隶征伐。抚迹犹酸辛，平人固骚屑[18]。
默思失业徒，因念远戍卒。忧端齐终南，澒洞[19]不可掇[20]。

【注释】

①许身：自期，自许。②稷与契：传说中舜帝的两个大臣，稷是周代祖先，教百姓种植五谷；契是殷代祖先，掌管文化教育。③濩落：即廓落，大而无用的意思。④契阔：辛勤劳苦。⑤觊豁：希望达到。⑥尧舜君：此以尧舜比唐玄宗。⑦兀兀：穷困劳碌的样子。⑧巢与由：巢父、许由都是尧时的隐士。⑨天衢：天空。⑩峥嵘：原是形容山势，这里用来形容阴云密布。⑪嵽嵲：形容山高，此指骊山。⑫彤庭：朝廷。⑬筐篚：两种盛物的竹器。古代皇帝以筐、篚盛布帛赏赐群臣。⑭卫霍：即汉代大将卫青、霍去病，均为汉武帝的亲戚。这里喻指杨贵妃的从兄，权臣杨国忠。⑮恐触天柱折：形容冰水汹涌，仿佛共工头触不周山，使人有天崩地塌之感，表达诗人对国家命运的担心。天柱，古代神话说中天的四角都有柱子支撑，称为

天柱。⑯贫窭：贫穷。⑰仓卒：此指意外的不幸。⑱平人固骚屑：平民百姓本来就免不了赋役的烦恼。平人：平民，唐人避唐太宗李世民讳，改“民”为“人”。⑲澒洞：广大的样子。⑳掇：收拾，引申为止息。

奉先刘少府新画山水障歌

堂上不合生枫树，怪底江山起烟雾。闻君扫却赤县图，乘兴遣画沧洲趣。

画师亦无数，好手不可遇。对此融心神，知君重毫素。

岂但祁岳与郑虔，笔迹远过杨契丹。得非玄圃裂？无乃潇湘翻？

悄然坐我天姥下，耳边已似闻清猿。反思前夜风雨急，乃是蒲城鬼神入。

元气淋漓障犹湿，真宰①上诉天应泣。野亭春还杂花远，渔翁暝踏孤舟立。

沧浪水深青溟阔，欹岸侧岛秋毫末。不见湘妃鼓瑟时，至今斑竹临江活。

刘侯天机精，爱画入骨髓。自有两儿郎，挥洒亦莫比。

大儿聪明到，能添老树巅崖里。小儿心孔开，貌得山僧及童子。

若耶溪，云门寺，吾独胡为在泥滓②，青鞋布袜从此始。

【注释】

①真宰：宇宙的主宰。②泥滓：比喻尘世。

奉同郭给事汤东灵湫作

东山①气蒙鸿，宫殿居上头。君来必十月，树羽②临九州。
阴火煮玉泉，喷薄涨岩幽。有时浴赤日，光抱空中楼。
阆风入辙迹，旷原延冥搜。沸天万乘动，观水百丈湫。
幽灵斯可怪，王命官属休。初闻龙用壮，擘石摧林丘。
中夜窟宅改，移因风雨秋。倒悬瑶池影，屈注沧江流。
味如甘露浆，挥弄滑且柔。翠旗澹偃蹇，云车纷少留。
箫鼓荡四溟，异香泱漭浮。鲛人献微绡，曾祝沉豪牛。
百祥奔盛明，古先莫能俦。坡陀金虾蟆，出见盖有由。
至尊顾之笑，王母不遗收。复归虚无底，化作长黄虬。

飘飘青琐郎，文采珊瑚钩。浩歌渌水曲，清绝听者愁。

【注释】

①东山：即骊山。②树羽：指立羽葆。

后出塞五首

男儿生世间，及壮当封侯。战伐有功业，焉能守旧丘①。
召募赴蓟门，军动不可留。千金装马鞭，百金装刀头。
闾里送我行，亲戚拥道周②。斑白居上列，酒酣③进庶羞④。
少年别有赠，含笑看吴钩⑤。

其二

朝进东门营，暮上河阳桥。落日照大旗，马鸣风萧萧。
平沙列万幕，部伍各见招。中天悬明月，令严夜寂寥。
悲笳数声动，壮士惨不骄。借问大将谁，恐是霍嫖姚⑥。

其三

古人重守边，令人重高勋⑦。岂知英雄主，出师亘长云。
六合已一家，四夷且孤军。遂使貔⑧虎士，奋身勇所闻。
拔剑击大荒，日收胡马群。誓开玄冥⑨北，持以奉吾君。

其四

献凯日继踵，两蕃静无虞。渔阳豪侠地，击鼓吹笙竽。
云帆转辽海，粳稻来东吴。越罗与楚练，照耀舆台躯。
主将位益崇，气骄凌⑩上都⑪。边人不敢议，议者死路衢。

其五

我本良家子，出师亦多门。将骄益愁思⑫，身贵不足论。
跃马二十年，恐孤明主恩。坐见幽州骑，长驱河洛昏。
中夜间道归，故里但空村。恶名幸脱免，穷老无儿孙。

【注释】

①旧丘：故园，老家。②道周：即道边。③酒酣：酒喝到一半的时候。④庶羞：莱肴。⑤吴钩：春秋时吴王阖闾所作之刀，后通用为宝刀名。⑥嫖姚：指西汉大将霍去病。⑦重高勋：即贪图功名。⑧貔：即貔貅，猛兽，这里比喻战士。⑨玄冥：传说是北方水神，这里代表极北的地方。⑩凌：凌犯，目无朝廷。⑪上都：指京师，即朝廷。⑫思：愁思，忧虑。

苏端薛复筵简薛华醉歌

文章有神交有道，端复得之名誉早。爱客满堂尽豪杰，开筵上日[①]思芳草。

安得健步移远梅，乱插繁花向晴昊[②]。千里犹残旧冰雪，百壶且试开怀抱。

垂老恶闻战鼓悲，急觞为缓忧心捣。少年努力纵谈笑，看我形容已枯槁。

座中薛华善醉歌，歌辞自作风格老。近来海内为长句，汝与山东李白好。

何刘沈谢力未工，才兼鲍照愁绝倒。诸生颇尽新知乐，万事终伤不自保。

气酣日落西风来，愿吹野水添金杯。如渑之酒常快意，亦知穷愁安在哉。

忽忆雨时秋井塌[③]，古人白骨生青苔，如何不饮令心哀。

【注释】

①上日：朔日。②晴昊：晴空。③塌：倾颓。

晦日寻崔戢李封

朝光入瓮牖[①]，尸寝惊敝裘[②]。起行视天宇，春气渐和柔。
兴来不暇懒，今晨梳我头。出门无所待，徒步觉自由。
杖藜复恣意，免值公与侯。晚定崔李交，会心真罕俦[③]。
每过得酒倾，二宅可淹留。喜结仁里欢，况因令节求。
李生园欲荒，旧竹颇修修。引客看扫除，随时成献酬。
崔侯初筵色，已畏空樽愁。未知天下士，至性有此不？
草芽既青出，蜂声亦暖游。思见农器陈，何当甲兵休？
上古葛天民，不贻黄屋忧。至今阮籍等，熟醉为身谋。
威凤高其翔，长鲸吞九州。地轴为之翻，百川皆乱流。
当歌欲一放，泪下恐莫收。浊醪有妙理，庶用慰沉浮。

【注释】

①瓮牖：以破瓮为窗，指贫寒之家。②敝裘：破旧的皮衣。③罕俦：少可相比。

白水崔少府十九[1]翁高斋三十韵

客从南县[2]来，浩荡无与适。旅食白日长，况当朱炎[3]赫[4]。
高斋坐林杪[5]，信宿[6]游衍阒[7]。清晨陪跻攀，傲睨俯峭壁。
崇冈相枕带[8]，旷野迴咫尺。始知贤主人，赠此遣愁寂。
危阶根青冥，曾冰[9]生淅沥。上有无心云，下有欲落石。
泉声闻复息，动静随所激。鸟呼藏其身，有似惧弹射。
吏隐[10]适情性，兹焉其窟宅[11]。白水见舅氏，诸翁乃仙伯[12]。
杖藜长松下，作尉穷谷僻。为我炊雕胡，逍遥展良觌[13]。
坐久风颇怒，晚来山更碧。相对十丈蛟，欻翻盘涡坼。
何得空里雷，殷殷寻地脉。烟氛蔼崷崒，魍魉森惨戚。
昆仑崆峒巅，回首如不隔。前轩颓反照，巉绝华岳[14]赤。
兵气[15]涨林峦，川光杂锋镝。知是相公军，铁马云雾积。
玉觞淡无味，胡羯[16]岂强敌。长歌激屋梁，泪下流衽席[17]。
人生半哀乐，天地有顺逆。慨彼万国夫，休明备征狄。
猛将纷填委[18]，庙谋[19]蓄长策。东郊何时开，带甲且未释。
欲告清宴罢，难拒幽明[20]迫。三叹酒食傍，何由似平昔？

【注释】

①崔少府十九：杜甫舅氏，名未详。少府，县尉的别称。②南县：即奉先县，因在白水县之南，故称。③朱炎：夏天的太阳。④赫：逼人。⑤林杪：树林间。⑥信宿：连续两夜。⑦游衍阒：无人游乐。⑧枕带：连绵不断。⑨曾冰：喻树荫。⑩吏隐：古人常以官职低微而自称，言隐于下位。⑪窟宅：藏身之所。⑫仙伯：指县尉。西汉末年梅福为南昌尉，因不满王莽专政，乃弃官而去，世人传以为仙。舅氏为白水尉，故称。⑬良觌：欢聚。⑭华岳：西岳华山，在白水之南。⑮兵气：战争的气氛。时值安史之乱。⑯胡羯：指安史叛军。⑰衽席：睡觉铺的席子。⑱填委：纷集。⑲庙谋：朝廷对国家大事的谋略。⑳幽明：犹昼夜。此偏指黑夜。

三川[1]观水涨二十韵

我经华原[2]来，不复见平陆。北上惟土山，连天走穷谷。
火云[3]出无时，飞电常在目。自多穷岫[4]雨，行潦[5]相豗蹙[6]。
蓊匌[7]川气黄，群流会空曲[8]。清晨望高浪，忽谓阴崖踣[9]。

恐泥[10]窜蛟龙，登危聚麋鹿。枯查[11]卷拔树，礧魄共充塞。声吹鬼神下，势阅人代速。不有万穴归，何以尊四渎[12]。及观泉源涨，反惧江海覆。漂沙圻岸去，漱[13]壑松柏秃。乘陵破山门，回斡裂地轴[14]。交洛赴洪河，及关岂信宿。应沉数州没，如听万室哭。秽浊[15]殊未清，风涛怒犹蓄。何时通舟车？阴气不黪黩[16]。浮生有荡汩，吾道正羁束[17]。人寰[18]难容身，石壁滑侧足。云雷屯不已，艰险路更局[19]。普天无川梁，欲济愿水缩。因悲中林士，未脱众鱼腹。举头向苍天，安得骑鸿鹄？

【注释】

①三川：唐县名，属鄜州，在今陕西洛川县西。②华原：唐县名，属京兆府，在今陕西耀县。③火云：夏季炽热的赤云。④穷岫：荒山野岭。⑤行潦：沟中的流水。⑥陁蹙：水相击貌。⑦蓊匒（wěng gé）：弥漫。⑧空曲：山涧。⑨踣（bó）：倒塌。指滑坡。⑩泥：滞、陷之意。⑪枯查：水中浮木。⑫四渎：《尔雅·释水》："江、淮、河、济为读。四渎者，发源注海者也。"⑬漱：冲击。⑭裂地轴：言洪水冲切出深沟。地轴，古代传说大地有轴。⑮秽浊：洪水。⑯黪黩：混浊。⑰羁束：困于旅途。⑱人寰：人间。⑲局：窘迫。

月夜

今夜鄜州[1]月，闺中[2]只独看。遥怜[3]小儿女，未解[4]忆长安。

香雾云鬟[5]湿，清辉玉臂寒。何时倚虚幌[6]，双照[7]泪痕干？

【注释】

①鄜（fū）州：今陕西省富县。当时杜甫的家属在鄜州的羌村，杜甫在长安。②闺中：内室。③怜：想。④未解：尚不懂得。⑤云鬟：古代妇女的环形发饰。⑥虚幌：透明的窗帷。⑦双照：与上面的"独看"对应，表示对未来团聚的期望。

哀王孙

长安城头头白乌，夜飞延秋门[1]上呼。又向人家啄大屋，屋底达官走避胡。

金鞭折断[2]九马[3]死，骨肉不得同驰驱。腰下宝玦[4]青珊瑚，可怜王孙泣路隅。

问之不肯道姓名，但道困苦乞为奴。已经百日窜荆棘，身上无有完肌肤。

高帝子孙[5]尽隆准[6]，龙种自与常人殊。豺狼在邑[7]龙在野[8]，王孙善保千金躯。

不敢长语临交衢[9]，且为王孙立斯须[10]。昨夜东风吹血腥[11]，东来橐驼满旧都。

朔方健儿好身手[12]，昔何勇锐今何愚。窃闻天子已传位[13]，圣德北服南单于。

花门[14]剺面[15]请雪耻，慎勿出口他人狙[16]。哀哉王孙慎勿疏，五陵[17]佳气[18]无时无[19]。

【注释】

①延秋门：唐玄宗曾由此出逃。②金鞭折断：指唐玄宗以金鞭鞭马快跑而金鞭断折。③九马：皇帝御马。④宝玦：玉佩。⑤高帝子孙：汉高祖刘邦的子孙。这里是以汉代唐。⑥隆准：高鼻。⑦豺狼在邑：指安禄山占据长安。邑，京城。⑧龙在野：指唐玄宗奔逃至蜀地。⑨临交衢：靠近大路边。衢，大路。⑩斯须：一会儿。⑪东风吹血腥：指安史叛军到处屠杀。⑫朔方健儿好身手：指唐将哥舒翰守潼关的河陇、朔方军二十万，为安禄山叛军大败的事。⑬窃闻天子已传位：天宝十五载八月，玄宗在灵武传位于肃宗。⑭花门：即回纥。⑮剺（lí）面：匈奴风俗在宣誓仪式上割面流血，以表诚意。这里指回纥坚决表示出兵助唐王朝平定安史之乱。⑯狙（jū）：伺察，窥伺。⑰五陵：五帝陵。⑱佳气：兴旺之气。⑲无时无：时时存在。

悲陈陶[1]

孟冬[2]十郡[3]良家子[4]，血作陈陶泽中水。野旷天清无战声[5]，四万义军[6]同日死。

群胡[7]归来雪洗箭，仍唱夷歌饮都市[8]。都人[9]回面向北啼[10]，日夜更望官军至。

【注释】

①陈陶：地名，即陈陶斜，又名陈陶泽，在长安西北。②孟冬：农历十月。③十郡：指秦中各郡。④良家子：从百姓中征召的士兵。⑤无战声：战事已结束，旷野一片死寂。⑥义军：官军，因其为

国牺牲，故称义军。⑦群胡：指安史叛军。安禄山是奚族人，史思明是突厥人。他们的部下也多为北方少数民族人。⑧都市：指长安街市。⑨都人：长安的人民。⑩向北啼：这时唐肃宗驻守灵武，在长安之北，故都人向北而啼。

悲青坂[1]

我军青坂在东门，天寒饮马[2]太白窟。黄头奚儿[3]日向西，数骑弯弓敢驰突[4]。

山雪河冰晚萧瑟，青是烽烟白是骨。焉得附书与我军，忍[5]待明年莫仓卒[6]。

【注释】

①青坂（bǎn）：都是唐军驻军之地。②饮（yìn）马：给马喝水。③奚（xī）儿：指胡儿，奚是东胡的一种。有一个名为室韦的部落，以黄布裹头，故称为“黄头奚”。④数骑弯弓敢驰突：写安史叛军得胜后的骄横。⑤忍：坚忍。⑥仓卒（cù）：犹仓促。是说要做好准备，不要鲁莽急躁。

避地

避地岁时晚，窜身[1]筋骨劳。诗书遂墙壁，奴仆且旌旄。
行在仅闻信，此生随所遭。神尧[2]旧天下，会见出腥臊。

【注释】

①窜身：藏身。②神尧：唐代对唐高祖李渊的尊称。

对雪

战哭多新鬼，愁吟独老翁。乱云低薄暮，急雪舞回风[1]。
瓢弃樽无绿，炉存火似红。数州消息断，愁坐正书空。

【注释】

①回风：回旋的风。

元日寄韦氏妹

近闻韦氏妹，迎在汉钟离。郎伯[1]殊方镇，京华旧国移。
秦城回北斗，郢树发南枝。不见朝正使，啼痕满面垂。

【注释】

①郎伯：古代妇人对丈夫的一种称谓。

春望

国[①]破[②]山河在，城[③]春草木深[④]。感时[⑤]花溅泪，恨别[⑥]鸟惊心。

烽火[⑦]连三月，家书抵万金[⑧]。白头搔更短[⑨]，浑欲不胜簪[⑩]。

【注释】

①国：国都，即京城长安（今陕西西安）。②破：被攻破。③城：指长安城，当时被叛军占领。④深：茂盛，茂密。⑤感时：感伤时局。⑥恨别：悲伤，悔恨离别。⑦烽火：古代边疆在高台上为报警点燃的火。这里指战争。⑧抵万金：家书可值几万两黄金，极言家信之难得。抵，值。⑨白头搔更短：白头发越抓越少了。白头，白头发。搔，抓、挠。短，少。⑩浑欲不胜簪：简直连簪子也插不上了。浑，简直。欲，将要、就要。不，禁不住。胜，能承受。簪，用来绾住头发的一种针形首饰。古代男子束发，因此用簪。

得舍弟消息二首

近有平阴信，遥怜舍弟存。侧身千里道，寄食一家村。

烽举新酣战[①]，啼垂旧血痕。不知临老日，招得几时魂。

其二

汝懦归无计，吾衰往未期。浪传乌鹊喜，深负鹡鸰诗。

生理何颜面，忧端且岁时。两京三十口，虽在命如丝。

【注释】

①酣战：相持而长时间的激战。

忆幼子

骥子春犹隔，莺歌暖正繁。别离惊节换，聪慧与谁论。

涧水空山道，柴门老树村。忆渠愁只睡，炙背[①]俯晴轩。

【注释】

①炙背：晒背。

一百五日夜对月

无家对寒食，有泪如金波。斫却月中桂，清光应更多。

仳离[1]放红蕊，想像颦青蛾。牛女漫愁思，秋期犹渡河。

【注释】

①仳离：离别。

遣兴[1]

骥子[2]好男儿，前年学语时。问知人客姓，诵得老夫诗。

世乱怜渠[3]小，家贫仰[4]母慈。鹿门[5]携不遂[6]，雁足[7]系难期。

天地军麾[8]满，山河战角[9]悲。傥[10]归免相失[11]，见日敢辞迟[12]。

【注释】

①遣兴（xìng）：犹“遣意”，也就是以写诗来消遣之意。②骥子：杜甫儿子宗武的小名，这一年刚五岁。③渠：他，这里指骥子。④仰：依赖。⑤鹿门：山名，位于襄阳（今属湖北）境内，汉江东岸。东汉末，天下大乱，庞德公携全家隐居于此，后成为隐居地的代称。这里指未能携全家一同避难。⑥不遂：不成。⑦雁足：事见《汉书·苏武传》。汉求苏武，匈奴单于诡言已死。汉使得密报，知武在某大泽中，于是声称：汉天子射上林苑中，得雁，足系帛书，知武所在。单于大惊，只好放还苏武。此处是说难以料定何时才能互通音信。⑧军麾（huī）：军旗。形容全国各地都处于战乱之中。⑨战角：军中号角。⑩傥：通“倘”，如果。⑪免相失：免于相互离散。⑫迟：延迟。

塞芦子[1]

五城[2]何迢迢，迢迢隔河水。边兵[3]尽东征，城内空荆杞。

思明[4]割怀卫，秀岩[5]西未已。迴略[6]大荒[7]来，崤函[8]盖虚尔。

延州[9]秦北户[10]，关防[11]犹可倚。焉得一万人，疾驱塞芦子。

岐有薛大夫，旁制山贼起。近闻昆戎[12]徒，为退三百里。

芦关扼两寇[13]，深意实在此。谁能叫帝阍[14]，胡行速如鬼。

【注释】

①塞芦子：塞断芦子关，阻退敌人西进之路。塞，堵塞。芦子，

关名，在延安西北。②五城：是定远、丰安和三座受降城，都在黄河北，故曰“隔河水”。③边兵：即守五城的兵。因讨安禄山故尽东征。④思明：即史思明，安禄山旧将，突厥人。⑤秀岩：即高秀岩，本哥舒翰部将，后降禄山，这时和史思明合兵而西。⑥迥略：迂回地包抄。⑦大荒：指西北。⑧崤函：指函谷关。崤是崤山，西连函谷，故函谷亦称崤函，地极险要。⑨延州：即延安。⑩秦北户：秦地的北门。曰户，可见是出入必经的要地。⑪关防：即下芦子关。⑫昆戎：即吐蕃，亦即上句所谓“山贼”。⑬两寇：指思明和秀岩。⑭叫帝阍：赶快提醒朝廷。因为胡兵行动，迅速“如鬼”，迟了就怕来不及了。帝阍，天子之门。

哀江头

少陵野老吞声哭，春日潜行[1]曲江曲[2]。江头宫殿锁千门，细柳新蒲为谁绿[3]。

忆昔霓旌[4]下南苑[5]，苑中万物生颜色[6]。昭阳殿[7]里第一人[8]，同辇随君侍君侧。

辇[9]前才人[10]带弓箭，白马嚼啮[11]黄金勒。翻身向天仰射云[12]，一笑正坠双飞翼。

明眸皓齿今何在？血污游魂[13]归不得。清渭东流剑阁[14]深，去住彼此无消息。

人生有情泪沾臆，江草江花岂终极[15]。黄昏胡骑[16]尘满城，欲往城南望城北[17]。

【注释】

①潜行：因在叛军管辖之下，只好偷偷地走到这里。②曲江曲：曲江的隐曲角落之处。③为谁绿：意思是国家破亡，连草木都失去了故主。④霓旌：云霓般的彩旗，指天子之旗。⑤南苑：指曲江东南的芙蓉苑。因在曲江之南，故称。⑥生颜色：万物生辉。⑦昭阳殿：汉代宫殿名。汉成帝皇后赵飞燕之妹为昭仪，居住于此。唐人多以赵飞燕比杨贵妃。⑧第一人：最得宠的人。⑨辇：皇帝乘坐的车子。古代君臣不同辇，此句指杨贵妃的受宠超出常规。⑩才人：宫中的女官。⑪嚼啮：咬。⑫仰射云：仰射云间飞鸟。⑬血污游魂：指杨贵妃缢死马嵬驿。⑭剑阁：即大剑山，在今四川省剑阁县的北面，是由长安入蜀必经之道。⑮终极：犹穷尽。⑯胡骑：指叛军的骑兵。

⑰望城北：走向城北。向，北方口语，望的意思。

大云寺[①]赞公[②]房四首

心在水精域[③]，衣沾春雨时。洞门[④]尽徐步，深院果幽期[⑤]。

到扉开复闭，撞钟[⑥]斋及兹。醍醐长发性，饮食过扶衰[⑦]。

把臂[⑧]有多日，开怀[⑨]无愧辞。黄鹂度结构[⑩]，紫鸽[⑪]下罘罳[⑫]。

愚意会所适，花边行自迟。汤休[⑬]起我病，微笑索题诗。

其二

细软青丝履，光明白氎巾。深藏供老宿，取用及吾身。

自顾转无趣，交情何尚新。道林才不世，惠远德过人。

雨泻暮檐竹，风吹春井芹。天阴对图画，最觉润龙鳞。

其三

灯影照无睡，心清闻妙香。夜深殿突兀，风动金琅珰。

天黑闭春院，地清栖暗芳。玉绳迥断绝，铁凤森翱翔。

梵放时出寺，钟残仍殷床。明朝在沃野，苦见尘沙黄。

其四

童儿汲井华，惯捷瓶上手。沾洒不濡地，扫除似无帚。

明霞烂复阁，霁雾[⑭]搴高牖。侧塞被径花，飘飖委墀柳。

艰难世事迫，隐遁佳期后。晤语契深心，那能总钳口？

奉辞还杖策，暂别终回首。泱泱泥污人，狺狺国多狗。

既未免羁绊，时来憩奔走。近公如白雪，执热烦何有？

【注释】

①大云寺：在长安朱雀街南，怀远坊之东南隅。②赞公：僧人。③水精域：不染尘埃的净土，指寺庙。④洞门：指门都在一条中轴线上，望之如洞。⑤幽期：心里的期约。⑥撞钟：僧家吃饭，撞钟为号。⑦过扶衰：指相待礼仪有加。⑧把臂：握人手臂，表示关系亲密。⑨开怀：坦露心胸。⑩结构：房舍，指赞公房。⑪紫鸽：紫色的鸽子。⑫罘罳（fú sī）：古代设在门外或城角上的网状建筑，用以守望和防御。⑬汤休：南朝宋僧人，即惠休，本姓汤。善属文，辞采绮艳，与鲍照交往甚密。武帝（刘骏）命之还

俗，官至扬州从事史。事见《宋书·徐湛之传》。此借指赞公。⑭霁雾：正在消散的云雾。

雨过苏端

鸡鸣风雨交，久旱雨亦好。杖藜入春泥，无食起我早。
诸家忆所历，一饭迹便扫。苏侯得数过，欢喜每倾倒。
也复可怜人，呼儿具梨枣。浊醪必在眼，尽醉摅怀抱。
红稠屋角花，碧秀墙隅草。亲宾纵谈谑，喧闹慰衰老。
况蒙霈泽①垂，粮粒或自保。妻孥隔军垒，拔弃不拟道。

【注释】

①霈泽：雨水。

喜晴

皇天久不雨，既雨晴亦佳。出郭①眺四郊，肃肃春增华。
青荧②陵陂③麦，窈窕桃李花。春夏各有实④，我饥岂无涯。
干戈⑤虽横放⑥，惨淡⑦斗龙蛇⑧。甘泽不犹愈⑨，且耕今未赊⑩。
丈夫则带甲⑪，妇女终在家。力难及黍稷⑫，得种菜与麻。
千载商山芝，往者东门瓜。其人骨已朽，此道⑬谁疵瑕⑭？
英贤遇轗轲，远引⑮蟠泥沙。顾⑯惭昧所适，回首白日斜。
汉阴有鹿门，沧海有灵查⑰。焉能学众口，咄咄⑱空咨嗟⑲！

【注释】

①出郭：出城。②青荧：青碧色。③陵陂：田野中的高坡。④实：谷实，果实。⑤干戈：指安史之乱。⑥横放：横行放肆。⑦惨淡：凄凉的景象。⑧龙蛇：指安史叛军。⑨犹愈：犹胜干旱。⑩未赊：指耕锄未迟。⑪带甲：披带兵甲，指当兵。⑫黍稷：泛指粮食作物。⑬此道：指避世。⑭疵瑕：指责。⑮远引：远走高飞。⑯顾：顾念。⑰查：同“槎”。⑱咄咄：感叹声。⑲咨嗟：叹息。

卷五

送率府程录事还乡

鄙夫行衰谢，抱病昏忘集。常时往还人，记一不识十。
程侯晚相遇，与语才杰立。薰然[①]耳目开，颇觉聪明人。
千载得鲍叔，末契有所及。意钟老柏青，义动修蛇蛰。
若人可数见，慰我垂白泣。告别无淹晷[②]，百忧复相袭。
内愧突不黔，庶羞以赒给。素丝挈长鱼，碧酒随玉粒。
途穷见交态，世梗悲路涩。东风吹春冰，泱漭[③]后土湿。
念君惜羽翮，既饱更思戢。莫作翻云鹘，闻呼向禽急。

【注释】

①薰然：温和貌；和顺貌。②淹晷：久时。③泱漭：昏暗不明的样子。

郑驸马池台喜遇郑广文同饮

不谓生戎马，何知共酒杯。燃脐[①]郿坞败，握节汉臣回。
白发千茎雪，丹心一寸灰。别离经死地，披写忽登台。
重对秦箫发，俱过阮宅来。留连春夜舞，泪落强徘徊。

【注释】

①燃脐：典出《后汉书》卷七十二《董卓传》。吕布斩董卓，弃尸于市。守尸的官吏用芯子点上火放在董卓的肚脐眼里，一直燃烧到天亮。后以“燃脐”等喻奸佞的可悲下场。

自京窜至凤翔喜达行在所

西忆岐阳信，无人遂却回。眼穿当落日，心死著寒灰。
茂树行相引，连山望忽开。所亲惊老瘦，辛苦贼中来。
愁思胡笳夕，凄凉汉苑春。生还今日事，间道暂时人。
司隶[①]章初睹，南阳气已新。喜心翻倒极，呜咽泪沾巾。
死去凭谁报，归来始自怜。犹瞻太白雪，喜遇武功天。

影静千官里，心苏七校前。今朝汉社稷，新数中兴年。

【注释】

①司隶：官职名称。

送樊二十三侍御赴汉中判官

威弧[1]不能弦，自尔无宁岁。川谷血横流，豺狼沸相噬。
天子从北来，长驱振凋敝。顿兵岐梁[2]下，却跨沙漠裔[3]。
二京陷未收，四极我得制。萧索汉水清，缅通淮湖[4]税。
使者纷星散[5]，王纲[6]尚旒缀[7]。南伯[8]从事贤，君行立谈[9]际。
坐知七曜历[10]，手画三军[11]势。冰雪净聪明，雷霆[12]走精锐。
幕府辍谏官，朝廷无此例[13]。至尊方旰食[14]，仗尔布嘉惠。
补阙[15]暮征入，柱史[16]晨征憩。正当艰难时，实借长久计。
回风吹独树，白日照执袂。恸哭苍烟根，山门万重闭。
居人莽牢落，游子方迢递。徘徊悲生离，局促老一世。
陶唐[17]歌遗民，后汉更列帝[18]。我无匡复资，聊欲从此逝[19]。

【注释】

①威弧：星名。②岐梁：岐山与梁山，俱在凤翔境内。③沙漠裔：指回纥。时回纥方许助兵平乱。④淮湖：江淮两湖（今湖南湖北）地区。此句言汉水可将淮湖的赋税运来，足以供应军需。⑤星散：分散，指奔赴各地。⑥王纲：朝廷纲纪。⑦旒缀：人心系属。⑧南伯：指汉中王李瑀。⑨立谈：喻极短的时间。⑩七曜历：以日、月和水、火、木、金、土五星纪日的历法。⑪三军：军队的通称。⑫雷霆：喻办事雷厉风行。⑬无此例：破格用人。⑭旰食：晚食，指因事忙而不能按时吃饭。⑮补阙：官名，职务为侍从讽谏。⑯柱史：唐代御史相当于周柱下史，故唐人以柱史为御史的美称。樊二十三以补阙授御史。⑰陶唐：即尧。尧初居于陶，后封于唐，故称陶唐。⑱列帝：指后汉自光武以下十二帝。唐祚中兴，故比之为后汉列帝。⑲逝：隐去。

送韦十六评事[1]充同谷[2]防御判官

昔没贼中时，潜与子同游。今归行在所[3]，王事有去留。

逼侧[4]兵马间，主忧急良筹[5]。子虽躯干小，老气横九州。
挺身艰难际，张目视寇雠。朝廷壮其节，特诏令参谋。
銮舆驻凤翔，同谷为咽喉。西扼弱水道，南镇枹罕[6]陬[7]。
此邦承平日，剽劫吏所羞。况乃胡未灭，控带[8]莽悠悠。
府中韦使君[9]，道足示怀柔[10]。令侄才俊茂，二美又何求？
受词太白脚，走马仇池[11]头。古色沙土裂，积阴云雪稠。
羌父豪猪靴，羌儿青兕[12]裘。吹角向月窟[13]，苍山旌旆愁[14]。
鸟惊出死树，龙怒拔老湫。古来无人境，今代横戈矛。
伤哉文儒士，愤激驰林丘。中原正格斗，后会何缘由。
百年[15]赋命定，岂料沈与浮。且复恋良友，握手步道周[16]。
论兵远壑静[17]，亦可纵冥搜[18]。题诗得秀句，札翰[19]时相投。

【注释】

①评事：官名，属大理寺，掌平决刑狱。②同谷：治所在今甘肃成县。③行在所：帝王出行时暂住之处。此指凤翔。④逼侧：迫近。⑤良筹：良策。⑥枹罕：唐县名，河州治所。故治在今甘肃临夏县东北。⑦陬（zōu）：角落。⑧控带：犹引带。⑨韦使君：同谷防御史，韦十六之叔。⑩怀柔：招来安抚。⑪仇池：山名，在甘肃成县西，一名瞿堆。⑫青兕：兽名。⑬月窟：古以月的归宿处在西方，因借指极西之地。⑭旌旆愁：旗旗似带愁惨之容。⑮百年：一生。⑯道周：道边。⑰远壑静：喻边疆清静太平。⑱冥搜：探访幽远之处。⑲札翰：书信。

述怀

去年潼关破，妻子隔绝久。今夏草木长，脱身得西走。
麻鞋见天子，衣袖见两肘。朝廷愍生还，亲故[1]伤老丑。
涕泪受拾遗，流离主恩厚。柴门虽得去，未忍即开口。
寄书问三川[2]，不知家在否？比闻[3]同罹祸，杀戮到鸡狗。
山中漏茅屋，谁复依户牖。摧颓苍松根，地冷骨未朽。
几人全性命，尽室岂相偶。嵚岑[4]猛虎[5]场，郁结[6]回我首[7]。
自寄一封书，今已十月后。反畏消息来，寸心亦何有。
汉运初中兴，生平老耽酒[8]。沉思欢会处，恐作穷独叟。

【注释】

①亲故：即亲旧或亲友。②三川：县名，在鄜州。③比闻：即近闻。口语则为"比来闻道"。④嵚岑：山高峻貌。⑤猛虎：喻贼寇的残暴。⑥郁结：心上的疙瘩。⑦回我首：摇头叹气。⑧耽酒：即嗜酒。

得家书

去凭游客寄，来为附家书。今日知消息，他乡且旧居。
熊儿幸无恙，骥子最怜渠。临老羁孤极，伤时会合疏。
二毛趋帐殿，一命侍鸾舆[①]。北阙妖氛满，西郊白露初。
凉风新过雁，秋雨欲生鱼。农事空山里，眷言[②]终荷锄。

【注释】

①鸾舆：天子的乘舆，亦借指天子。②眷言：亦作"睠言"，回顾貌。言，词尾。

送长孙九侍御赴武威[①]判官[②]

骢马新凿蹄[③]，银鞍被来好。绣衣[④]黄白郎，骑向交河道。
问君适万里，取别何草草。天子忧凉州，严程[⑤]到须早。
去秋群胡反，不得无电扫[⑥]。此行收[⑦]遗甿，风俗方再造。
族父[⑧]领元戎[⑨]，名声国中老。夺我同官[⑩]良，飘飖按城堡[⑪]。
使我不能餐，令我恶怀抱。若人[⑫]才思阔，溟涨[⑬]浸绝岛。
樽前失诗流[⑭]，塞上得国宝。皇天悲送远，云雨白浩浩[⑮]。
东郊[⑯]尚烽火[⑰]，朝野[⑱]色枯槁。西极柱亦倾，如何正穹昊[⑲]。

【注释】

①武威：郡名，即凉州，唐属陇右道，为河西节度使治所。在今甘肃武威市。②判官：官名，是节度使的僚属，佐理政务。③凿蹄：钉马掌。④绣衣：御史的代称。⑤严程：期限紧迫的路程。⑥电扫：极言快速。⑦收：平定安集。⑧族父：泛指同族之伯叔。⑨元戎：主帅。⑩同官：杜甫与长孙同为谏官。⑪城堡：指武威城。⑫若人：此人。指长孙九。⑬溟涨：大海。⑭诗流：诗人。⑮浩浩：雨大貌。⑯东郊：兼指长安与洛阳，俱在凤翔之东，故称。⑰尚烽火：指安史之乱未息。⑱朝野：朝廷与民间。⑲穹昊：天。

送从弟亚赴河西[1]判官

南风[2]作秋声，杀气[3]薄炎炽。盛夏鹰隼击，时危异人[4]至。
令弟草中来[5]，苍然[6]请论事。诏书引上殿，奋舌动天意[7]。
兵法五十家，尔腹为箧笥。应对如转丸[8]，疏通[9]略文字。
经纶[10]皆新语，足以正神器[11]。宗庙尚为灰，君臣俱下泪。
崆峒地无轴，青海天轩轾[12]。西极[13]最疮痍[14]，连山暗烽燧[15]。
帝曰大布衣，借卿佐元帅。坐看清流沙[16]，所以子奉使。
归当再前席[17]，适远非历试。须存武威郡，为画长久利。
孤峰石戴驿，快马金缠辔。黄羊饫不膻，芦酒多还醉。
踊跃常人情，惨淡苦士志。安边敌何有，反正[18]计始遂。
吾闻驾鼓车，不合用骐骥。龙吟回其头[19]，夹辅待所致。

【注释】

①河西：指河西节度使，治所在凉州（今甘肃武威）。②南风：夏风，热风。③杀气：阴气，寒气。④异人：指杜亚。⑤草中来：来自草野之中。⑥苍然：暮色。⑦天意：帝王旨意。⑧转丸：喻流畅。⑨疏通：通达。⑩经纶：理出丝绪称经，编丝成绳称纶。引申为筹划治理国家大事。⑪神器：指国家政令。⑫轩轾：车前高后低称轩，前低后高称轾。此指倾斜。⑬西极：西部边疆。⑭疮痍：创伤。指此地重遭吐蕃人寇。⑮烽燧：古代边境报警，白天放烟叫烽，夜间举火叫燧。⑯流沙：沙漠。沙随风流动转移，故称。⑰前席：移坐而前。⑱反正：即拨乱反正。⑲回其头：回首京阙。

送灵州李判官

羯胡[1]腥四海，回首一茫茫。血战乾坤赤，氛迷日月黄。
将军专策略，幕府盛才良。近贺中兴主，神兵动朔方。

【注释】

①羯胡：既说是羌人后代，又在归属上算作匈奴别部，路卫兵疑心其为匈奴与羌的混种，慢慢发展成为独立的一支。此族原居于东欧高加索山到黑海草原一带，被匈奴征服后成为匈奴的奴隶，以跟随匈奴打仗为业。“五胡乱华”时此族随匈奴一起进入中原，定居于山西上党五乡的羯室，因而得名。

奉送郭中丞兼太仆卿充陇右节度使三十韵

诏发山西将，秋屯陇右兵。凄凉馀部曲，燀赫[1]旧家声。
雕鹗乘时去，骅骝顾主鸣。艰难须上策，容易即前程。
斜日当轩盖，高风卷旆旌。松悲天水冷，沙乱雪山清。
和虏犹怀惠，防边讵敢惊。古来于异域，镇静示专征。
燕蓟奔封豕，周秦触骇鲸。中原何惨黩[2]，遗孽尚纵横。
箭入昭阳殿，笳吹细柳营。内人红袖泣，王子白衣行。
宸极妖星动，园陵杀气平。空馀金碗出，无复穗帷轻。
毁庙天飞雨，焚宫火彻明。罘罳朝共落，棆桷夜同倾。
三月师逾整，群凶势就烹。疮痍亲接战，勇决冠垂成。
妙誉期元宰，殊恩且列卿。几时回节钺[3]，戮力扫欃枪。
圭窦[4]三千士，云梯七十城。耻非齐说客，只似鲁诸生。
通籍微班忝，周行独坐荣。随肩趋漏刻，短发寄簪缨。
径欲依刘表，还疑厌祢衡。渐衰那此别，忍泪独含情。
废邑狐狸语，空村虎豹争。人频坠涂炭，公岂忘精诚。
元帅调新律，前军压旧京。安边仍扈从。莫作后功名。

【注释】

①燀赫：显赫。②惨黩：昏暗貌。③节钺：符节与斧钺。古代授与官员或将帅，作为加重权力的标志。④圭窦：形状如圭的墙洞，亦指微贱之家的门户，借指寒微之家。

送杨六判官使西蕃

送远秋风落，西征海气寒。帝京氛祲满，人世别离难
绝域遥怀怒，和亲愿结欢。敕书[1]怜赞普，兵甲望长安。
宣命前程急，惟良待士宽。子云清自守，今日起为官。
垂泪方投笔，伤时即据鞍。儒衣山鸟怪，汉节野童看。
边酒排金碗，夷歌捧玉盘。草肥蕃马健，雪重拂庐干。
慎尔参筹画，从兹正羽翰。归来权可取，九万一朝抟。

【注释】

①敕书：皇帝任官封爵和告诫臣僚的文书。敕，敕命、敕谕。

奉赠严八阁老

扈圣[1]登黄阁，明公独妙年。蛟龙得云雨，雕鹗在秋天。

客礼容疏放，官曹可接联。新诗句句好，应任老夫传。

【注释】

①扈圣：跟随皇帝出行。

月

天上秋期近，人间月影清。入河蟾不没，捣药兔长生。
只益丹心苦，能添白发明。干戈知满地，休照国西营。

留别贾严二阁老两院补阙

田园须暂住，戎马惜离群。去远留诗别，愁多任酒醺。
一秋常苦雨，今日始无云。山路时吹角，那堪处处闻。

晚行口号

三川不可到，归路晚山稠。落雁浮寒水，饥乌集戍楼[①]。
市朝今日异，丧乱几时休。远愧梁江总，还家尚黑头。

【注释】

①戍楼：军队驻守的城楼。

独酌成诗

灯花何太喜，酒绿正相亲。醉里从为客，诗成觉有神。
兵戈犹在眼，儒术岂谋身。苦被微官缚，低头愧野人。

徒步归行

明公壮年值时危，经济实借英雄姿。国之社稷今若是，武定祸乱非公谁。

凤翔千官且饱饭，衣马不复能轻肥。青袍朝士最困者，白头拾遗徒步归。

人生交契[①]无老少，论心何必先同调。妻子山中哭向天，须公枥[②]上追风骠。

【注释】

①交契：结交洽契，指交情、情谊。②枥：马槽。

九成宫

苍山入百里，崖断如杵臼。曾宫凭风迴，岌嶪[①]土囊口。

立神扶栋梁，凿翠开户牖。其阳产灵芝，其阴宿牛斗。
纷披长松倒，揭𡾰怪石走。哀猿啼一声，客泪迸林薮。
荒哉隋家帝，制此今颓朽。向使国不亡，焉为巨唐有。
虽无新增修，尚置官居守。巡非瑶水远，迹是雕墙后。
我行属时危，仰望嗟叹久。天王守太白，驻马更搔首。

【注释】

①岌嶪：高峻的样子。

玉华宫[1]

溪迴松风长，苍鼠窜古瓦。不知何王殿，遗构绝壁下。
阴房鬼火青，坏道哀湍泻。万籁真笙竽，秋色正萧洒。
美人为黄土，况乃粉黛假。当时侍金舆，故物独石马。
忧来借草坐，浩歌泪盈把。冉冉征途间，谁是长年者。

【注释】

①玉华宫：位于宜君县西北，唐太宗贞观二十一年（647）所建，依山临涧，景色幽美。高宗永徽二年（651年），改宫观为庙宇，废为玉华寺。杜甫路过之时，已历经百余年，境地荒凉。但诗题不作《玉华寺》，而写作《玉华宫》，正体现了诗人在兵连祸结、国家衰微之时，对贞观之治的无限缅怀及对荣华难驻人世沧桑的感慨，抚今追昔，伤怀无尽。

羌村三首

峥嵘[1]赤云西[2]，日脚下平地。柴门鸟雀噪，归客千里至。
妻孥[3]怪我在，惊定还拭泪。世乱遭飘荡，生还偶然遂。
邻人满墙头，感叹亦歔欷[4]。夜阑[5]更秉烛，相对如梦寐。

其二

晚岁[6]迫偷生[7]，还家少欢趣[8]。娇儿不离膝，畏我复却去。
忆昔[9]好追凉[10]，故绕池边树。萧萧北风劲，抚事煎百虑。
赖知禾黍收，已觉糟床[11]注[12]。如今足斟酌，且用慰迟暮。

其三

群鸡正乱叫，客至鸡斗争。驱鸡上树木，始闻叩柴荆[13]。
父老四五人，问[14]我久远行。手中各有携，倾榼[15]浊复清。

莫辞酒味薄，黍地无人耕。兵革[16]既未息，儿童尽东征。
请为父老歌，艰难愧深情。歌罢仰天叹，四座涕纵横。

【注释】

①峥嵘：山高峻貌，这里形容云峰。②赤云西：即赤云之西，因为太阳在云的西边。古人不知地转，以为太阳在走，因此有“日脚”的说法。③妻孥（nú）：妻子和儿女。④歔欷（xū xī）：即“唏嘘”，悲泣之声。⑤夜阑：深夜。⑥晚岁：即老年。⑦迫偷生：指这次奉诏回家。杜甫心在国家，故直以诏许回家为偷生苟活。⑧少欢趣：正因为杜甫认为当此万方多难之时却待在家里是一种可耻的偷生，所以感到“少欢趣”。⑨忆昔：指上一年六七月间。⑩追凉：追逐凉爽的地方，即指下句。⑪糟床：即酒醡。⑫注：流也，指酒。⑬柴荆：柴门。⑭问：问遗，即带着礼物去慰问人，以物遥赠也叫作“问”。⑮榼（kē）：酒器。⑯兵革：指战争。

北征

皇帝二载秋，闰八月初吉[1]。杜子将北征，苍茫[2]问家室。
维时[3]遭艰虞，朝野少暇日。顾惭恩私被，诏许归蓬荜[4]。
拜辞诣阙下，怵惕[5]久未出。虽乏谏诤姿，恐君有遗失。
君诚中兴主，经纬固密勿。东胡反未已，臣甫愤所切。
挥涕恋行在[6]，道途犹恍惚。乾坤含疮痍，忧虞何时毕。
靡靡[7]逾阡陌，人烟眇[8]萧瑟。所遇多被伤，呻吟更流血。
回首凤翔县，旌旗晚明灭。前登寒山重，屡得饮马窟。
邠郊入地底，泾水中荡潏[9]。猛虎立我前，苍崖吼时裂。
菊垂今秋花，石带古车辙。青云动高兴，幽事亦可悦。
山果多琐细，罗生杂橡栗。或红如丹砂，或黑如点漆。
雨露之所濡[10]，甘苦齐结实。缅思桃源内，益叹身世拙。
坡陀望鄜畤，岩谷互出没。我行已水滨，我仆犹木末。
鸱鸟[11]鸣黄桑，野鼠拱乱穴。夜深经战场，寒月照白骨。
潼关百万师，往者散何卒。遂令半秦民，残害为异物。
况我堕胡尘，及归尽华发。经年至茅屋，妻子衣百结[12]。
恸哭松声迴，悲泉共幽咽。平生所娇儿，颜色白胜雪。
见耶背面啼，垢腻脚不袜。床前两小女，补缀才过膝。
海图拆波涛，旧绣移曲折。天吴及紫凤，颠倒在短褐。

老夫情怀恶，呕泄卧数日。那无囊中帛，救汝寒凛栗[13]。
粉黛亦解苞，衾裯稍罗列。瘦妻面复光，痴女头自栉[14]。
学母无不为，晓妆随手抹。移时施朱铅，狼籍画眉阔。
生还对童稚，似欲忘饥渴。问事竞挽须，谁能即嗔喝[15]。
翻思在贼愁，甘受杂乱聒。新妇且慰意，生理[16]焉得说。
至尊尚蒙尘，几日休练卒。仰观天色改，坐觉妖氛豁。
阴风西北来，惨淡随回纥。其王愿助顺，其俗善驰突。
送兵五千人，驱马一万匹。此辈少为贵，四方服勇决。
所用皆鹰腾，破敌过箭疾。圣心颇虚伫，时议气欲夺。
伊洛指掌收，西京不足拔。官军请深入，蓄锐可俱发。
此举开青徐，旋瞻略恒碣。昊天[17]积霜露，正气有肃杀。
祸转亡胡岁，势成擒胡月。胡命其能久，皇纲未宜绝。
忆昨狼狈初，事与古先别。奸臣竟菹醢，同恶随荡析。
不闻夏殷衰，中自诛妹妲。周汉获再兴，宣光果明哲。
桓桓陈将军[18]，仗钺奋忠烈。微[19]尔人尽非，于今国犹活。
凄凉大同殿，寂寞白兽闼。都人望翠华，佳气向金阙。
园陵固有神，扫洒数不缺。煌煌太宗业，树立甚宏达。

【注释】

①初吉：朔日，即初一。②苍茫：指战乱纷扰，家中情况不明。③维时：即这个时候。维，发语词。④蓬荜：指穷人住的草房。⑤怵惕：惶恐不安。⑥行在：皇帝在外临时居住的处所。⑦靡靡：行步迟缓。⑧眇：稀少，少见。⑨荡潏：水流动的样子。⑩濡：滋润。⑪鸱鸟：猫头鹰。⑫衣百结：衣服打满了补丁。⑬凛栗：冻得发抖。⑭栉：梳头。⑮嗔喝：生气地喝止。⑯生理：生计，生活。⑰昊天：古时称秋天为昊天。⑱陈将军：即陈玄礼，时任左龙武大将军，率禁卫军护卫玄宗逃离长安。走至马嵬驿，他支持兵谏，当场格杀杨国忠等，并迫使玄宗缢杀杨贵妃。⑲微：若不是，若没有。

行次昭陵

旧俗疲庸主，群雄问独夫。谶归龙凤质，威定虎狼都。

天属尊《尧典》，神功协《禹谟》。风云随绝足，日月继高衢。

文物多师古，朝廷半老儒。直词宁戮辱[1]，贤路不崎岖。

往者灾犹降，苍生喘未苏。指麾安率土，荡涤抚洪炉。
壮士悲陵邑，幽人拜鼎湖。玉衣晨自举，铁马汗常趋。
松柏瞻虚殿，尘沙立暝途。寂寥开国日，流恨满山隅。

【注释】

①戮辱：杀戮污辱。

重经昭陵

草昧英雄起，讴歌历数归。风尘三尺剑，社稷一戎衣。
翼亮贞文德，丕承[①]戢武威。圣图天广大，宗祀日光辉。
陵寝盘空曲，熊罴守翠微。再窥松柏路，还有五云飞。

【注释】

①丕承：很好地继承。旧谓帝王承天受命为“丕承”。

彭衙[①]行

忆昔避贼初，北走经险艰。夜深彭衙道，月照白水山。
尽室[②]久徒步，逢人多厚颜。参差谷鸟吟，不见游子还。
痴女饥咬我，啼畏虎狼闻。怀中掩其口，反侧[③]声愈嗔。
小儿强解事，故索苦李餐。一旬半雷雨，泥泞相攀牵。
既无御雨备[④]，径滑衣又寒[⑤]。有时经契阔[⑥]，竟日数里间。
野果充糇粮[⑦]，卑枝成屋椽。早行石上水，暮宿天边烟。
小留[⑧]同家洼[⑨]，欲出芦子关。故人有孙宰[⑩]，高义薄曾云。
延客已曛黑，张灯启重门。煖汤濯我足，剪纸招我魂。
从此出妻孥，相视涕阑干[⑪]。众雏烂熳睡[⑫]，唤起沾盘飧[⑬]。
誓将与夫子[⑭]，永结为弟昆。遂空所坐堂，安居奉我欢。
谁肯艰难际，豁达露心肝。别来岁月周[⑮]，胡羯仍构患。
何当[⑯]有翅翎，飞去堕尔前。

【注释】

①彭衙：在陕西白水县东北六十里，即现在的彭衙堡。②尽室：犹全家。③反侧：挣扎。④备：工具。⑤衣又寒：因衣被雨打湿。⑥经契阔：是说碰到特别难走处。⑦糇粮：干粮。⑧小留：短期逗留。⑨同家洼：即孙宰的家。⑩宰：是唐人对县令的

一种尊称。⑪阑干：横斜貌，形容涕泪之多。⑫烂熳睡：小儿睡得十分香甜的样子。⑬飧：晚餐。⑭夫子：此孙宰谓杜甫。⑮岁月周：满一年。⑯何当：哪得。

喜闻官军已临贼境二十韵

胡骑潜京县，官军拥贼壕。鼎鱼[1]犹假息，穴蚁[2]欲何逃。
帐殿罗玄冕，辕门照白袍。秦山当警跸[3]，汉苑入旌旄。
路失羊肠险，云横雉尾高。五原空壁垒，八水散风涛。
今日看天意，游魂贷尔曹。乞降那更得，尚诈莫徒劳。
元帅归龙种，司空握豹韬。前军苏武节，左将吕虔刀。
兵气回飞鸟，威声没巨鳌。戈鋋开雪色，弓矢向秋毫。
天步艰方尽，时和运更遭。谁云遗毒螫，已是沃腥臊。
睿想丹墀近，神行羽卫牢。花门腾绝漠，拓羯渡临洮。
此辈感恩至，羸俘何足操。锋先衣染血，骑突剑吹毛。
喜觉都城动，悲怜子女号。家家卖钗钏，只待献香醪。

【注释】

①鼎鱼：鼎中之鱼。比喻濒于灭亡的人或事物。②穴蚁：比喻困守巢穴的乱贼。③警跸：古代帝王出入时，于所经路途侍卫警戒，清道止行，谓之"警跸"。出为"警"，入为"跸"。

收京三首

仙仗离丹极，妖星带玉除。须为下殿走，不可好楼居。
暂屈汾阳驾，聊飞燕将书。依然七庙略[1]，更与万方初。

其二

生意甘衰白，天涯正寂寥。忽闻哀痛诏，又下圣明朝。
羽翼怀商老，文思忆帝尧。叨逢罪己日，洒涕望青霄。

其三

汗马收宫阙，春城铲贼壕。赏应歌《杕杜》[2]，归及荐樱桃。
杂虏横戈数，功臣甲第高。万方频送喜，无乃圣躬劳。

【注释】

①七庙略：犹庙略。指安邦定国的重大谋略。②《杕杜》：《诗经·唐风》篇名，为先秦时代晋地汉族民歌。

送郑十八虔贬台州司户伤其临老陷贼之故阙为面别情见于诗

郑公樗散鬓成丝，酒后常称老画师。万里伤心严谴日，百年垂死中兴时。

苍惶已就长途往，邂逅无端出饯迟。便与先生应永诀，九重泉路尽交期。

腊日

腊日常年暖尚遥，今年腊日冻全消。侵陵雪色还萱草，漏泄春光①有柳条。

纵酒欲谋良夜醉，归家初散紫宸朝。口脂面药随恩泽，翠管银罂②下九霄。

【注释】

①漏泄春光：指柳叶首先透露春天到来的信息。②银罂：可作盛面脂之具。

奉和贾至舍人早朝大明宫

五夜①漏声催晓箭②，九重春色醉仙桃。旌旆日暖龙蛇动③，宫殿风微燕雀高。

朝罢香烟携满袖，诗成珠玉在挥毫。欲知世掌丝纶美，池上于今有凤毛。

【注释】

①五夜：五更。②晓箭：拂晓时漏壶中指示时刻的箭。③龙蛇动：有龙蛇图案的旗帜在旭日中飘扬。

卷六

宣政殿退朝晚出左掖

天门日射黄金榜，春殿晴曛赤羽旗。宫草霏霏承委佩，炉烟细细驻游丝。

云近蓬莱常五色，雪残鳷鹊亦多时。侍臣缓步归青琐，退食从容出每迟。

紫宸殿退朝口号

户外昭容紫袖垂，双瞻御座引朝仪。香飘合殿春风转，花覆千官淑景[1]移。

昼漏稀闻高阁报，天颜有喜近臣知。宫中每出归东省，会送夔龙集凤池。

【注释】

①淑景：指日影。景，通“影”。

春宿[1]左省[2]

花隐掖垣[3]暮，啾啾栖鸟过。星临[4]万户动，月傍九霄[5]多。

不寝听金钥[6]，因风想玉珂[7]。明朝有封事[8]，数问夜如何。

【注释】

①宿：指值夜。②左省：即左拾遗所属的门下省，和中书省同为掌机要的中央政府机构，因在殿庑之东，故称“左省”。③掖垣：门下省和中书省位于宫墙的两边，像人的两腋，故名。④临：居高临下。⑤九霄：在此指高耸入云的宫殿。⑥金钥：即金锁。指开宫门的锁钥声。⑦珂：马铃。⑧封事：臣下上书奏事，为防泄漏，用黑色袋子密封，因此得名。

晚出左掖

昼刻传呼浅，春旗簇仗齐。退朝花底散，归院柳边迷。

楼雪融城湿，宫云去殿低。避人焚谏草[1]，骑马欲鸡栖。

【注释】

①谏草：谏书的草稿。

题省[1]中壁

掖垣竹埤梧十寻，洞门对霤常阴阴。落花游丝白日静，鸣鸠乳燕青春深。

腐儒衰晚谬通籍，退食迟回违寸心。衮职曾无一字补，许身愧比[2]双南金[3]。

【注释】

①省：即门下省。②愧比：言徒有价值不得实现。③双南金：语出张载《拟四愁诗》。金出南方丽水，故称南金。双南金无非言其身价之高。

送贾阁老出汝州

西掖梧桐树，空留一院阴。艰难归故里，去住损春心。
宫殿青门隔，云山紫逻深。人生五马贵，莫受二毛侵。

送翰林张司马南海勒碑

冠冕通南极，文章落上台。诏从三殿去，碑到百蛮开。
野馆秾花[1]发，春帆细雨来。不知沧海使，天遣几时回。

【注释】

①秾花：盛开的花。

曲江陪郑八丈南史饮

雀啄江头黄柳花，䴔䴖鸂鶒满晴沙。自知白发非春事，且尽芳樽恋物华。

近侍即今难浪迹，此身那得更无家。丈人才力犹强健，岂傍青门学种瓜。

曲江二首

一片花飞减却春[1]，风飘万点[2]正愁人。且[3]看欲尽花经眼[4]，莫厌伤[5]多酒入唇。

江上小堂巢翡翠[6]，苑边高冢卧麒麟。细推[7]物理[8]须行乐，何用浮[9]名绊此身。

其二

朝回[10]日日典[11]春衣，每日江头尽醉归。酒债寻常行处[12]有，人生七十古来稀。

穿花蛱蝶深深[13]见[14]，点水蜻蜓款款[15]飞。传语[16]风光[17]共流转，暂时相赏莫相违[18]。

【注释】

①减却春：减掉春色。②万点：形容落花之多。③且：暂且。④经眼：从眼前经过。⑤伤：伤感，忧伤。⑥巢翡翠：翡翠鸟筑巢。⑦推：推究。⑧物理：事物的道理。⑨浮：虚名。⑩朝回：上朝回来。⑪典：押当。⑫行处：到处。⑬深深：在花丛深处，又可解释为“浓密的样子”。⑭见：现。⑮款款：形容徐缓的样子。⑯传语：传话给。⑰风光：春光。⑱违：违背，错过。

曲江对酒

苑[1]外江头坐不归，水精宫殿[2]转霏微[3]。桃花细逐梨花落，黄鸟时兼白鸟飞。

纵饮久判[4]人共弃，懒朝真与世相违。吏情更觉沧洲[5]远，老大徒悲未拂衣[6]。

【注释】

①苑：指芙蓉苑，在曲江西南，是帝妃游幸之所。②水精宫殿：即水晶宫殿，指芙蓉苑中宫殿。③霏微：迷蒙的样子。④判：甘愿的意思。⑤沧洲：水边绿洲，古时常用来指隐士的居处。⑥拂衣：振衣而去。指辞官归隐。

曲江对雨

城上春云覆苑墙，江亭晚色静年芳。林花著雨燕支湿，水荇[1]牵风翠带长。

龙武新军深驻辇，芙蓉别殿漫焚香。何时诏此金钱会，暂醉佳人锦瑟傍。

【注释】

①水荇：多年生水草，浮在水面，嫩时可食。

奉答岑参补阙见赠

窈窕清禁闼[1]，罢朝归不同。君随丞相后，我往日华东。

冉冉柳枝碧，娟娟花蕊红。故人得佳句，独赠白头翁。

【注释】

①禁闼：宫廷门户。亦指宫廷、朝廷。

奉赠王中允[1]维

中允声名久，如今契阔深。共传收庾信，不比得陈琳。
一病缘明主，三年独此心。穷愁应有作，试诵《白头吟》。

【注释】

①中允：官名。《汉书·百官公卿表》载詹事掌皇后、太子之事，属官有太子率更、家令丞、仆、中盾。中盾后改称“中允”。魏晋以后多改称中舍人。唐制于左春坊左庶子之下置“中允”，于右春坊右庶子之下置中舍人，正五品下。

送许八拾遗归江宁觐省甫昔时尝客游此县于许生处乞瓦棺寺维摩图样志诸篇末

诏许辞中禁，慈颜赴北堂。圣朝新孝理[1]，祖席倍辉光。
内帛擎偏重，宫衣著更香。淮阴清夜驿，京口渡江航。
竹引趋庭曙，山添扇枕凉。十年过父老，几日赛城隍。
看画曾饥渴，追踪恨淼茫。虎头金粟影，神妙独难忘。

【注释】

①孝理：犹孝道。谓以孝治国教民。

因许八奉寄江宁旻上人

不见旻公三十年，封书寄与泪潺湲[1]。旧来好事今能否，老去新诗谁与传？

棋局动随幽涧竹，袈裟忆上泛湖船。问君话我为官在，头白昏昏只醉眠。

【注释】

①潺湲：形容流泪的样子。

题李尊师松树障子歌

老夫清晨梳白头，玄都道士来相访。握发呼儿延入户，手提新画青松障。

障子松林静杳冥，凭轩忽若无丹青。阴崖却承霜雪干，偃盖反走虬龙形。

老夫生平好奇古，对此兴与精灵聚。已知仙客意相亲，更觉良工心独苦。

松下丈人巾屦同，偶坐似是商山翁[1]。怅望聊歌紫芝曲[2]，时危惨淡来悲风。

【注释】

①商山翁：指商山四皓，秦末东园公、绮里季、夏黄公、甪里先生，避秦乱，隐商山，年皆八十有余，须眉皓白，时称商山四皓。②紫芝曲：传说是秦朝末年“商山四皓”所作。也泛指隐逸避世的歌或词。

得舍弟消息

风吹紫荆树，色与春庭暮。花落辞故枝，风回返无处。
骨肉恩书重，漂泊难相遇。犹有泪成河，经天复东注。

送李校书二十六韵

代北[1]有豪鹰，生子毛尽赤。渥洼骐骥儿，尤异是虎脊。
李舟名父子，清峻流辈[2]伯[3]。人间好少年，不必须白皙。
十五富文史，十八足宾客[4]。十九授校书，二十声辉赫。
众中每一见，使我潜动魄。自恐二男儿[5]，辛勤养无益。
乾元元年春，万姓始安宅。舟也衣彩衣[6]，告我欲远适。
倚门[7]固有望，敛衽[8]就行役[9]。南登吟《白华》，已见楚山碧。
蔼蔼咸阳都，冠盖[10]日云积。何时太夫人[11]，堂上会亲戚。
汝翁[12]草明光[13]，天子正前席[14]。归期岂烂漫[15]，别意终感激。
顾我蓬屋资，谬通金闺[16]籍。小来习性懒，晚节慵转剧。
每愁悔吝作，如觉天地窄。羡君齿发新，行己能夕惕[17]。
临岐[18]意颇切，对酒不能吃。回身视绿野，惨淡如荒泽。
老雁春忍饥，哀号待枯麦。时哉高飞燕，绚练[19]新羽翮。
长云湿褒斜[20]，汉水饶巨石。无令轩车迟，衰疾悲宿昔。

【注释】

①代北：即代州，辖区相当于今山西北部的代县、繁峙、五台、原平等县。②流辈：同辈，同一流。③伯：最为出众者。④足宾客：交游甚广。⑤二男儿：指杜甫之子宗文、宗武。⑥彩衣：老莱子孝养双亲，行年七十，常穿五色彩衣，做婴儿状，以博父母一笑。后用作孝亲的典故。⑦倚门：形容慈母盼望儿女归来的殷切心情。《战国策·齐策六》：“王孙贾年十五，事闵王。王出走，失王之处。其母

曰：'女（汝）朝出而晚来，则吾倚门而望；女（汝）暮出而不还，则吾倚闾而望。'" ⑧敛衽：整理衣服。⑨行役：行旅之事。⑩冠盖：官吏的服饰和车驾。冠，礼帽。盖，车盖。⑪太夫人：尊称舟母。⑫汝翁：尊称舟父。⑬明光：汉代宫殿名。此借指唐宫。⑭正前席：移坐而前。汉文帝坐宣室，召贾谊问鬼神事。至夜半，文帝前席。此句言得皇帝器重。⑮烂漫：遥远貌。⑯金闺：即金马门，本汉宫门名，代指朝廷。⑰夕惕：形容戒慎恐俱，不敢怠慢。⑱临岐：分道惜别。⑲绚练：疾速。⑳褒斜：褒斜道，古道名，因褒水、斜水流经而得名。南口称褒谷，位于今陕西勉县褒城镇北十里；北口称斜谷，位于今陕西眉县西南三十里。因通道山势险要，自古为川陕交通要道。

逼侧行赠毕四曜

逼侧何逼侧，我居巷南子[①]巷北。可怜邻里[②]间，十日不一见颜色[③]。

自从官马送还官[④]，行路难行涩如棘。我贫无乘[⑤]非无足，昔者相过今不得。

不是爱微躯，非关足无力。徒步翻愁官长怒，此心炯炯[⑥]君应识。

晓来急雨春风颠，睡美不闻钟鼓传。东家蹇驴[⑦]许借我，泥滑不敢骑朝天[⑧]。

已令请急[⑨]会通籍[⑩]，男儿性命绝可怜。焉能终日心拳拳[⑪]，忆君诵诗神凛然[⑫]。

辛夷[⑬]始花亦已落，况我与子非壮年。街头酒价常苦贵，方外[⑭]酒徒稀醉眠。

速宜相就饮一斗，恰有三百青铜钱。

【注释】

①子：指毕曜。②邻里：邻居。古以五家为邻，五邻为里。③不一见颜色：不见一面。④自从官马送还官：指至德二载二月，肃宗议收复两京，尽括公私马以助军。⑤无乘：无马可骑。⑥炯炯：明亮貌。⑦蹇驴：跛驴。⑧朝天：朝见皇帝。⑨请急：请假。⑩通籍：官员入朝，将记有姓名、年龄、身份的竹片挂在宫门外，经核对，合者乃得入宫。记名于门籍，故称通籍。⑪拳拳：恳切，忠谨貌。⑫凛然：严肃貌。⑬辛夷：香木名，树高二三丈，紫花似莲而小，香气馥

郁。江南正月开花，北方二月始开。⑭方外：世俗之外。

赠毕四曜

才大今诗伯，家贫苦宦卑。饥寒奴仆贱，颜状老翁为。
同调嗟谁惜，论文笑自知。流传江鲍体，相顾免无儿。

题郑十八著作丈故居

台州地阔海冥冥，云水长和岛屿青。乱后故人双别泪，春深逐客一浮萍。

酒酣懒舞谁相拽，诗罢能吟不复听。第五桥东流恨水，皇陂岸北结愁亭。

贾生对鹏[1]伤王傅，苏武看羊陷贼庭。可念此翁怀直道，也沾新国用轻刑。

祢衡实恐遭江夏，方朔虚传是岁星。穷巷悄然车马绝，案头干死读书萤。

【注释】

①鹏：古书上说的一种不吉祥的鸟，形似猫头鹰。

瘦马行

东郊瘦马使我伤，骨骼硉兀[1]如堵墙[2]。绊之[3]欲动转欹侧[4]，此岂有意仍腾骧[5]。

细看六印带官字，众道三军遗路旁。皮干剥落杂泥滓，毛暗萧条连雪霜。

去岁奔波逐馀寇，骅骝不惯不得将。士卒多骑内厩[6]马，惆怅恐是病乘黄[7]。

当时历块误一蹶，委弃非汝[8]能周防[9]。见人惨淡若哀诉，失主错莫[10]无晶光。

天寒远放[11]雁为伴，日暮不收乌啄疮。谁家且养愿终惠，更试明年春草长。

【注释】

①硉兀：形容马骨出如石。②如堵墙：也是说瘦。③绊之：用马缰绊动马足。④欹侧：歪歪倒倒。⑤腾骧：飞跃。⑥内厩：犹御厩、天厩，指天子马厩。这时马少，三军多骑内厩所养的马。而内厩多

好马，故有“恐是病乘黄”的推断。⑦乘黄：也是古良马名，此指瘦马。⑧汝：指马。⑨周防：犹提防。原谅马的无辜，也就是诉说自己的无罪。⑩错莫：犹落寞、素莫。⑪放：放牧。

义鹘行

阴崖二苍鹰，养子黑柏颠。白蛇登其巢，吞噬恣朝餐。
雄飞远求食，雌者鸣辛酸。力强不可制，黄口无半存。
其父从西归，翻身入长烟。斯须领健鹘[1]，痛愤寄所宣。
斗上捩孤影，噭哮来九天。修鳞脱远枝，巨颡拆老拳。
高空得蹭蹬，短草辞蜿蜒。折尾能一掉，饱肠皆已穿。
生虽灭众雏，死亦垂千年。物情有报复，快意贵目前。
兹实鸷鸟最，急难心炯然。功成失所往，用舍何其贤。
近经潏水湄，此事樵夫传。飘萧觉素发，凛欲冲儒冠。
人生许与分，只在顾盼间。聊为《义鹘行》，用激壮士肝。

【注释】

①健鹘：勇猛矫健的鹘。

画鹘行

高堂见生鹘，飒爽[1]动秋骨[2]。初惊无拘挛[3]，何得立突兀[4]。

乃知画师妙，巧刮造化窟[5]。写此神俊姿，充君眼中物。

乌鹊满樛枝[6]，轩然[7]恐其出。侧脑[8]看青霄，宁为众禽没。

长翮[9]如刀剑，人寰[10]可超越。乾坤空峥嵘[11]，粉墨[12]且萧瑟。

缅思[13]云沙际，自有烟雾质[14]。吾今意何伤，顾步[15]独纡郁[16]。

【注释】

①飒爽：劲捷，神采飞动。②秋骨：鹘至秋日换羽后更矫健，善搏击。③拘挛：束缚。④突兀：居高而醒目。⑤巧刮造化窟：谓画师巧夺天工。造化窟，指化育万物的天。⑥樛枝：向下弯曲的树枝。⑦轩然：骚乱貌。⑧侧脑：斜仰起头。指画鹘。⑨长翮：翅膀。

⑩人寰：人世间。⑪乾坤空峥嵘：即“天空任鸟飞”意。峥嵘，高旷貌。⑫粉墨：绘画用的颜料。此指画。⑬缅思：沉思。⑭烟雾质：指翱翔于云雾之中的真鹘。⑮顾步：低头漫步。⑯纡郁：忧思郁结。

端午日赐衣

宫衣[①]亦有名，端午被恩荣[②]。细葛[③]含风软[④]，香罗[⑤]叠雪轻[⑥]。

自天题[⑦]处湿[⑧]，当暑[⑨]著[⑩]来清。意内[⑪]称长短[⑫]，终身荷圣情[⑬]。

【注释】

①宫衣：指官服。②被恩荣：指得到赏识而觉得荣幸。③葛：是一种植物，可用来织布。④含风软：指葛布像风那么柔软。⑤香罗：罗是一种有孔的丝织品，香罗指罗的香味。⑥叠雪轻：像雪花叠在一起那么轻。⑦题：指衣服的领子部分。⑧湿：柔软的料子贴在颈上，凉凉的很舒服。⑨当暑：指在天气热的时候。⑩著：指穿着。⑪意内：指心里。⑫称长短：指计算了一下衣服的大小。⑬荷圣情：指充满圣上的恩情。

酬孟云卿

乐极伤头白，更长爱烛红。相逢难衮衮，告别莫匆匆。

但恐天河落，宁辞酒盏[①]空。明朝牵世务，挥泪各西东。

【注释】

①酒盏：小酒杯。

至德二载甫自京[①]金光门[②]出间。道归凤翔[③]乾元初从左拾遗[④]移[⑤]华州[⑥]掾[⑦]与亲故别因出此门有悲往事

此道[⑧]昔归顺[⑨]，西郊胡[⑩]正繁。至今犹破胆，应有未招魂[⑪]。

近侍[⑫]归京邑[⑬]，移官[⑭]岂至尊[⑮]。无才日衰老，驻马望千门[⑯]。

【注释】

①京：指长安。②金光门：长安外城有三座门，中间一座叫金光门。③凤翔：在今陕西，肃宗时一度改名西京，当时肃宗驻跸于此。

④左拾遗：职司规谏君主，荐举人才，属门下省。⑤移：这里是贬降的意思。⑥华州：今陕西华县。⑦掾：属官的通称。⑧此道：指金光门。⑨昔归顺：指至德二载投奔凤翔时，长安西边的胡骑正甚繁乱。⑩胡：这里指安禄山部队。⑪未招魂：指活人的神魂，指推想叛军占据时，臣民神魂惊散，应有未招而不归之魂。⑫近侍：指拜左拾遗。⑬京邑：指华州，因系畿县，距京城长安不远。⑭移官：调动官职，指由左拾遗外放为华州司功参军。⑮岂至尊：难道出自皇帝之意。⑯千门：原指宫中的门户，这里借代宫殿，形容其建筑宏伟，门户很多。

寄高三十五詹事

安稳高詹事，兵戈久索居[1]。时来知宦达[2]，岁晚莫情疏。

天上多鸿雁，池中足鲤鱼。相看过半百，不寄一行书。

【注释】

①索居：孤独地散处一方。②宦达：官位显达，仕途亨通。

赠高式颜

昔别是何处，相逢皆老夫。故人还寂寞，削迹共艰虞。

自失论文友，空知卖酒垆。平生飞动意，见尔不能无。

题郑县亭子

郑县亭子涧之滨，户牖[1]凭高发兴新。云断岳莲临大路，天晴宫柳暗长春。

巢边野雀群欺燕，花底山蜂远趁人。更欲题诗满青竹，晚来幽独恐伤神。

【注释】

①户牖：门窗。

望岳

西岳崚嶒竦处尊，诸峰罗立似儿孙。安得仙人九节杖，拄到玉女洗头盆。

车箱入谷无归路，箭栝[1]通天有一门。稍待秋风凉冷后，高寻白帝问真源。

【注释】

①箭栝：箭的末端。

早秋苦热堆案相仍

七月六日苦炎蒸[1]，对食暂餐还不能。常愁夜来皆是蝎，况乃秋后转多蝇。

束带发狂欲大叫，簿书何急来相仍。南望青松架短壑，安得赤脚踏层冰。

【注释】

①炎蒸：暑热熏蒸。

观安西兵过赴关中待命二首

四镇富精锐，摧锋[1]皆绝伦。还闻献士卒，足以静风尘。

老马夜知道，苍鹰饥著人。临危经久战，用急始如神。

其二

奇兵不在众，万马救中原。谈笑无河北，心肝奉至尊。

孤云随杀气，飞鸟避辕门。竟日留欢乐，城池未觉喧。

【注释】

①摧锋：挫败敌军的锐气。

九日蓝田[1]崔氏庄

老去悲秋强[2]自宽，兴来今日尽君欢。羞将短发还吹帽[3]，笑倩[4]傍人为正冠。

蓝水[5]远从千涧落，玉山[6]高并两峰寒。明年此会知谁健，醉把茱萸仔细看。

【注释】

①蓝田：即今陕西省蓝田县。②强：勉强。③吹帽：此处用“孟嘉落帽”的典故。④倩：请。⑤蓝水：即蓝溪，在蓝田山下。⑥玉山：即蓝田山。

崔氏东山草堂

爱汝玉山草堂静，高秋爽气相鲜新。有时自发钟磬响，落日更见渔樵人。

盘剥白鸦谷口栗，饭煮青泥坊底芹。何为西庄王给事，柴门空闭锁松筠。

遣兴三首

我今日夜忧，诸弟[1]各异方。不知死与生，何况道路长。
避寇[2]一分散，饥寒永相望。岂无柴门归，欲出畏虎狼[3]。
仰看云中雁，禽鸟亦有行[4]。

其二

蓬生非无根，漂荡随高风。天寒落万里，不复归本丛。
客子念故宅，三年门巷空。怅望但烽火，戎车[5]满关东。
生涯能几何，常在羁旅中。

其三

昔在洛阳时，亲友相追攀。送客东郊道，遨游宿南山。
烟尘阻长河，树羽成皋间。回首载酒地，岂无一日还。
丈夫贵壮健，惨戚非朱颜。

【注释】

①诸弟：杜甫有弟颖、观、丰、占，只有杜占随他西行秦州，其余三人分散在山东、河南一带。②避寇：避安史之乱。③虎狼：喻叛军。④“仰看”二句：群雁飞行，行列整齐有序，故以雁行喻兄弟。⑤戎车：古代战车名。

独立

空外一鸷鸟，河间双白鸥。飘飖搏击便，容易往来游。
草露亦多湿，蛛丝仍未收。天机近人事，独立万端忧。

至日遣兴奉寄北省旧阁老两院故人二首

去岁兹晨捧御床[1]，五更三点入鹓行[2]。欲知趋走伤心地，正想氤氲满眼香。

无路从容陪语笑，有时颠倒著衣裳。何人却忆穷愁日，日日愁随一线长。

其二

忆昨逍遥供奉班，去年今日侍龙颜。麒麟不动炉烟上，孔雀徐开扇影还。

玉几由来天北极，朱衣只在殿中间。孤城此日堪肠断，愁对寒云雪满山。

【注释】

①御床：皇帝用的坐卧之具。②鹓行：指朝官的行列。

路逢襄阳杨少府入城戏呈杨四员外绾

寄语杨员外，山寒少茯苓。归来稍暄暖，当为劚青冥。翻动龙蛇窟，封题鸟兽形。兼将老藤杖，扶汝醉初醒。

冬末以事之东都湖城[①]东遇孟云卿复归刘颢宅宿宴饮散因为醉歌

疾风吹尘暗河县[②]，行子隔手[③]不相见。湖城城东一开眼，驻马偶识云卿面。

向非刘颢为地主，懒回鞭辔成高宴。刘侯欢我携客来，置酒张灯促华馔[④]。

且将款曲[⑤]终今夕，休语艰难尚酣战[⑥]。照室红炉簇曙花，萦窗素月[⑦]垂秋练。

天开地裂[⑧]长安陌，寒尽春生[⑨]洛阳殿。岂知驱车复同轨[⑩]，可惜刻漏[⑪]随更箭。

人生会合不可常，庭树鸡鸣泪如霰。

【注释】

①湖城：唐县名，在今河南灵宝县西北。②河县：湖城滨临黄河，故称。③隔手：以手遮目。④促华馔：催促家人备置美酒佳肴。⑤款曲：殷勤酬应。⑥尚酣战：指当时九节度围安庆绪于邺城。⑦素月：明月。⑧天开地裂：京房《易占》："天开阳不足，地裂阴有馀，皆兵起下害上之象。"此指长安一度沦陷于安史叛军之手。⑨寒尽春生：喻乱极将治，指洛阳终得收复。⑩同轨：车辙宽窄相同，引申为一统。此指王路已平，中途相遇。⑪刻漏：古代计时的器具。以铜壶盛水，壶底有孔，壶内竖一刻有度数的银箭，水从孔中漏出以计时。

阌乡[①]姜七少府设鲙戏赠长歌

姜侯设鲙当严冬，昨日今日皆天风[②]。河冻味鱼不易得，凿冰恐侵河伯[③]宫。

饔人[4]受鱼鲛人手，洗鱼磨刀鱼眼红[5]。无声细下[6]飞碎雪[7]，有骨已剁觜春葱[8]。

落砧何曾白纸湿[9]，放箸[10]未觉金盘空。偏[11]劝腹腴[12]愧年少[13]，软炊香饭缘老翁。

新欢便饱[14]姜侯德，清觞异味[15]情屡极。东归[16]贪路[17]自觉难，欲别上马身无力[18]。

可怜为人好心事，于我见子[19]真颜色[20]。不恨我衰子贵时，怅望且为今相忆。

【注释】

①阌乡：唐县名，在今河南灵宝县西北。②天风：大风。③河伯：传说中的河神。姓冯名夷，华阴潼乡人，浴于河中溺死，遂为河伯。④饔人：厨师。⑤鱼眼红：鱼鲜则眼红。⑥无声细下：形容刀工之精。⑦碎雪：喻鱼肉之白嫩。⑧觜春葱：形容鱼嘴部分鲜美而质脆。⑨何曾白纸湿：切鱼不洗，放置纸上以防发滑，故云。⑩放箸：犹言痛吃。⑪偏：特意。⑫腹腴：鱼肚上的软肉。⑬愧年少：伤己之老，故愧于少年。⑭饱：饱受。⑮清觞异味：即美酒佳肴。⑯东归：东去洛阳。因洛阳为故乡，故云"归"。⑰贪路：急于赶路。⑱身无力：言不忍分别。⑲子：姜少府。⑳真颜色：真心实意。

戏赠阌乡秦少府短歌

去年行宫当太白，朝回君是同舍客。同心不减骨肉亲，每语见许[1]文章伯。

今日时清两京道，相逢苦觉人情好。昨夜邀欢乐更无，多才依旧能潦倒。

【注释】

①见许：相称许。

李鄠县丈人[1]胡马[2]行

丈人骏马名胡骝，前年避贼过金牛[3]。回鞭却走见天子[4]，朝饮汉水暮灵州[5]。

自矜[6]胡骝奇绝代，乘出千人万人爱。一闻说尽急难才[7]，转益愁向驽骀[8]辈。

头上锐耳[9]批秋竹，脚下高蹄[10]削寒玉[11]。始知神龙[12]别有种，不比俗马空多肉[13]。

洛阳大道时再清，累日[14]喜得俱东行。凤臆龙鬐[15]未易识，侧身注目长风生[16]。

【注释】

①丈人：对老人的尊称。②胡马：胡地产的马。③金牛：自陕西勉县而西，南至四川剑阁县剑门关，称金牛道。自秦以后，由汉中入蜀，必经此道。李丈人从唐玄宗入蜀，经金牛道。④回鞭却走见天子：言李丈人自蜀赴灵武，朝见肃宗。⑤朝饮汉水暮灵州：极言马行之快速。灵州，治灵武，肃宗即位处。天宝元年（742）改为灵武郡，乾元元年（758）复为灵州。⑥自矜：自夸。⑦急难才：如刘备的颅马跃过檀溪，以免刘表之追；刘牢之马跳过五丈涧，以脱慕容之逼。此言幸赖此马而在安史之乱中脱祸。⑧驽骀：劣马。指诗人自己所骑的马。⑨锐耳：良马的特征之一。⑩高蹄：良马的特征之一。⑪削寒玉：言其坚硬如铁，可以削玉。⑫神龙：传说天马为神龙之类。⑬多肉：劣马之相。⑭累日：连日。⑮凤臆龙鬐：凤凰的胸脯，龙的颈毛。比喻骏马的雄奇健美。⑯长风生：足下生风。

观兵

北庭送壮士，貔虎[1]数尤多。精锐旧无敌，边隅今若何。
妖氛拥白马，元帅待雕戈。莫守邺城下，斩鲸辽海波。

【注释】

①貔虎：喻勇敢强猛的军队。

忆弟二首

丧乱闻吾弟，饥寒傍济州。人稀书不到，兵在见何由。
忆昨狂催走，无时病去忧。即今千种恨，惟共水东流。

其二

且喜河南定，不问邺城围。百战今谁在，三年望汝归。
故园花自发，春日鸟还飞。断绝人烟久，东西消息稀。

得舍弟消息

乱后谁归得，他乡胜故乡。直为心厄苦[1]，久念与存亡。
汝书犹在壁，汝妾已辞房。旧犬知愁恨，垂头傍我床。

【注释】

①厄苦：困苦。

不归

河间尚征伐，汝骨在空城。从弟人皆有，终身恨不平。

数金怜俊迈[1]，总角爱聪明。面上三年土，春风草又生。

【注释】

①俊迈：秀美出众，英俊豪迈，一表人才。

赠卫八处士[1]

人生不相见，动如[2]参与商[3]。今夕复何夕，共此灯烛光。

少壮能几时，鬓发各已苍[4]。访旧半为鬼[5]，惊呼热中肠。

焉知二十载，重上君子堂。昔别君未婚，男女忽成行[6]。

怡然敬父执，问我来何方。问答未及已，驱儿罗酒浆。

夜雨剪春韭[7]，新炊[8]间[9]黄粱。主[10]称[11]会面难，一举累[12]十觞。

十觞亦不醉，感子故意长[13]。明日隔山岳[14]，世事[15]两茫茫[16]。

【注释】

①卫八处士：名字和生平事迹已不可考。处士，指隐居不仕的人。八，是处士的排行。②动如：动不动就像。③参与商：二星宿名。商星居于东方卯位（上午五点到七点），参星居于西方酉位（下午五点到七点），一出一没，永不相见，故以为比。④苍：灰白色。⑤访旧半为鬼：意谓彼此打听故旧亲友，竟已死亡一半。⑥成行（háng）：儿女众多。⑦夜雨剪春韭：与郭林宗冒雨剪韭招待好友范逵的故事有关。郭林宗自种畦圃，友人范逵夜至，郭林宗冒雨剪韭，做汤饼招待他。⑧新炊：刚煮的新鲜饭食。⑨间：此处是搀和的意思。⑩主：主人，即卫八。⑪称：说。⑫累：接连。⑬故意长：老朋友的情谊深长。⑭山岳：指西岳华山。⑮世事：包括社会和个人。⑯两茫茫：指明天分手后，命运如何，便彼此都不相知了。极言会面之难，正见今夕相会之乐。当时大乱还未定，故杜甫有此感。

洗兵行

中兴诸将[1]收山东，捷书夜报清昼同。河广传闻一苇过[2]，胡危命在破竹中。

只残[3]邺城不日得，独任朔方无限功。京师皆骑汗血马，回纥喂肉蒲萄宫。

已喜皇威清海岱[4]，常思仙仗[5]过崆峒。三年笛里关山月[6]，万国[7]兵前草木风[8]。

成王[9]功大心转小[10]，郭相谋深古来少。司徒清鉴[11]悬明镜，尚书气与秋天杳。

二三豪俊为时出，整顿乾坤济时[12]了。东走无复忆鲈鱼，南飞觉有安巢鸟。

青春复随冠冕入，紫禁正耐[13]烟花绕。鹤驾通宵凤辇备，鸡鸣问寝龙楼晓。

攀龙附凤势莫当，天下尽化为侯王[14]。汝等岂知蒙帝力[15]，时来不得夸身强。

关中既留萧丞相，幕下复用张子房。张公一生江海客，身长九尺须眉苍。

征起适遇风云会，扶颠[16]始知筹策良。青袍白马[17]更何有，后汉今周喜再昌。

寸地尺天[18]皆入贡，奇祥异瑞争来送。不知何国致白环，复道诸山得银瓮。

隐士休歌紫芝曲，词人解撰清河颂。田家望望[19]惜雨干，布谷处处催春种。

淇上健儿归莫懒，城南思妇[20]愁多梦。安得壮士挽天河，净洗甲兵长不用。

【注释】

①诸将：指王李俶、郭子仪等将士。②一苇过：一芦苇可航，形容官军渡河极易。③只残：只剩。④清海岱：清除了山东一带的叛军。⑤仙仗：皇帝的仪仗。⑥笛里关山月：笛声里奏着关山月的曲调。关山月为汉乐府横吹曲名，为军乐、战歌。⑦万国：即万方。⑧草木风：这里有草木皆兵之意。这两句提醒肃宗不要忘记苦战的将士和人民所受的苦难。⑨成王：指太子李俶，收复两京的主帅。⑩心转小：转而变得小心谨慎。⑪清鉴：识见明察。李光弼治军严，曾预料史思明诈降，终久必反，故说他清鉴悬明镜。⑫济时：救济时危。⑬正耐：正相称。⑭化为侯王：形容肃宗封官之滥。当时肃

宗大肆加封跟从玄宗入蜀和跟肃宗在灵武的扈从之臣。⑮蒙帝力：仰仗了天子的力量。⑯扶颠：扶持国家的颠危。张镐曾预料史思明的诈降。两京收复，张镐出力颇多。⑰青袍白马：把安史之乱喻作梁武帝时的侯景之乱。侯景作乱，部下皆骑白马、穿青衣。⑱寸地尺天：指全国各地。⑲望望：望了又望。当时正遇春旱，农民盼雨。⑳城南思妇：泛指将士的妻子。

卷七

新安[1]吏

客行新安道，喧呼闻点兵。借问新安吏，县小更[2]无丁。
府帖昨夜下，次[3]选中男[4]行。中男绝短小，何以守王城。
肥男有母送，瘦男独伶俜[5]。白水暮东流，青山犹哭声。
莫自使眼枯，收汝泪纵横。眼枯即见骨，天地终无情。
我军取相州[6]，日夕望其平。岂意贼难料，归军星散营。
就粮近故垒，练卒依旧京[7]。掘壕不到水[8]，牧马役亦轻。
况乃王师顺，抚养甚分明。送行勿泣血，仆射[9]如父兄[10]。

【注释】

①新安：地名，今河南省新安县。②更：岂。③次：依次。④中男：指十八岁以上、二十三岁以下成丁。这是唐天宝初年兵役制度规定的。⑤伶俜（pīng）：形容孤独。⑥相州：即"三男邺城戍"之"邺城"，今河南安阳。⑦旧京：指东都洛阳。⑧不到水：指掘壕很浅。⑨仆射：指郭子仪。⑩如父兄：指极爱士卒。

潼关[1]吏

士卒何[2]草草[3]，筑城潼关道。大城铁不如，小城万丈馀。
借问潼关吏，修关还备胡[4]。要[5]我下马行，为我指山隅。
连云列战格，飞鸟不能逾。胡来但自守，岂复忧西都[6]。
丈人[7]视要处，窄狭容单车。艰难[8]奋[9]长戟，万古用一夫。

哀哉桃林[10]战，百万化为鱼。请嘱防关将，慎勿学哥舒。

【注释】

①潼关：在华州华阴县东北，因关西一里有潼水而得名。②何：多么。③草草：疲劳不堪之貌。④备胡：指防备安史叛军。⑤要：同“邀”，邀请。⑥西都：与东都对称，指长安。⑦丈人：关吏对杜甫的尊称。⑧艰难：战事紧急之时。⑨奋：挥动。⑩桃林：即桃林塞，指河南灵宝县以西至潼关一带的地方。

石壕[1]吏

暮投[2]石壕村，有吏夜捉人。老翁逾墙走[3]，老妇出看门。

吏呼[4]一何[5]怒[6]，妇啼[7]一何苦[8]。听妇前致词，三男邺城戍。

一男附书[9]至，二男新战死。存[10]者且偷生，死者长已[11]矣。

室中更无人，惟有乳下孙。有孙母未去，出入无完裙[12]。

老妪[13]力虽衰，请从吏夜归。急应[14]河阳[15]役，犹得[16]备晨炊[17]。

夜久语声绝[18]，如闻泣幽咽。天明登前途[19]，独[20]与老翁别。

【注释】

①石壕：今河南三门峡市东南。②投：投宿。③走：跑，这里指逃跑。④呼：诉说，叫喊。⑤一何：何其，多么。⑥怒：恼怒，凶猛，粗暴，这里指凶狠。⑦啼：哭啼。⑧苦：凄苦。⑨附书：捎信。⑩存：活着，生存着。⑪已：停止。⑫完裙：完整的衣服。⑬老妪：老妇人。⑭应：应征。⑮河阳：今河南省洛阳市吉利区（原河南省孟县），当时唐王朝官兵与叛军在此对峙。⑯犹得：还能够。⑰晨炊：早饭。⑱绝：断绝，停止。⑲登前途：踏上前行的路。登，踏上。前途，前行的路。⑳独：唯独，只有。

新婚别

兔丝[1]附蓬麻，引蔓故不长。嫁女与征夫，不如弃路傍。

结发[2]为妻子，席不煖君床。暮婚晨告别，无乃[3]太匆忙。

君行虽不远，守边赴河阳。妾身[4]未分明，何以拜姑嫜[5]。

父母养我时，日夜令我藏[6]。生女有所归[7]，鸡狗亦得将。

君今生死地[8]，沉痛迫[9]中肠。誓欲随君去，形势反苍黄[10]。

勿为新婚念，努力事戎行[11]。妇人在军中，兵气恐不扬。

自嗟贫家女，久致罗襦[12]裳。罗襦不复施[13]，对君洗红妆。

仰视百鸟飞，大小必双翔[14]。人事多错迕[15]，与君永相望[16]。

【注释】

①兔丝：即菟丝子，一种蔓生的草，依附在其他植物枝干上生长。此用以比喻女子嫁给征夫，相处难久。②结发：这里作结婚解。③无乃：岂不是。④身：身份，指在新家中的名份地位。唐代习俗，嫁后三日，始上坟告庙，才算成婚。仅宿一夜，婚礼尚未完成，故身份不明。⑤姑嫜（zhāng）：婆婆、公公。⑥藏：躲藏，不随便见外人。⑦归：古代女子出嫁称“归”。⑧死地：冒死之地。⑨迫：煎熬，压抑。⑩苍黄：同“仓皇”，匆促、慌张。这里意思是多所不便，更麻烦。⑪事戎行：从军打仗。戎行，军队。⑫襦（rú）：短衣。⑬不复施：不再穿。⑭双翔：成双成对地一起飞翔。⑮错迕（wǔ）：错杂交迕，就是不如意的意思。⑯永相望：永远盼望重聚。表示对丈夫的爱情始终不渝。

垂老别

四郊[1]未宁静，垂老不得安。子孙阵亡尽，焉用[2]身独完[3]。

投杖[4]出门去，同行为辛酸。幸有牙齿存，所悲骨髓干[5]。

男儿既介胄[6]，长揖别上官[7]。老妻卧路啼，岁暮衣裳单。

孰知[8]是死别，且复伤其寒。此去必不归，还闻劝加餐[9]。

土门[10]壁甚坚，杏园[11]度亦难。势异[12]邺城下，纵死时犹宽。

人生有离合，岂择[13]衰老端[14]。忆昔少壮日，迟回[15]竟长叹。

万国尽征戍，烽火被冈峦。积尸草木腥，流血川原丹。

何乡为乐土，安敢尚盘桓[16]。弃绝蓬室[17]居，塌然[18]摧肺肝[19]。

【注释】

①四郊：指京城四周之地。②焉用：何以。③身独完：独自活下去，完即活。④投杖：扔掉拐杖。⑤骨髓干：形容筋骨衰老。⑥介胄：即甲胄，铠甲和头盔。⑦上官：指地方官吏。⑧孰知：深知。⑨加餐：多进饮食。⑩土门：在今河阳孟县附近，是当时唐军防守的重要据点。⑪杏园：在今河南汲县东南，为当时唐军防守的重要据点。⑫势异：形势不同。⑬岂择：岂能选择。⑭端：端绪，思绪。⑮迟回：徘徊。⑯盘桓：留恋不忍离去。⑰蓬室：茅屋。⑱塌然：形容肝肠寸断的样子。⑲摧肺肝：形容极度悲痛。

无家别

寂寞天宝后①，园庐②但③蒿藜。我里百馀家，世乱各东西。

存者无消息，死者为尘泥。贱子④因阵败⑤，归来寻旧蹊。

久行见空巷，日瘦⑥气惨凄。但对狐与狸，竖毛怒我啼。

四邻何所有，一二老寡妻。宿鸟恋本枝，安辞且穷栖。

方春独荷锄，日暮还灌畦。县吏知我至，召令习鼓鞞⑦。

虽从本州役，内顾无所携⑧。近行止一身，远去终转迷⑨。

家乡既荡尽，远近理亦齐⑩。永痛长病母，五年委沟溪⑪。

生我不得力，终身两酸嘶⑫。人生无家别，何以为蒸黎⑬。

【注释】

①天宝后：指安史之乱以后。开篇是以追叙写起，追溯无家的原因，引出下文。②庐：即居住的房屋。③但：只有。④贱子：这位无家者的自谓。⑤阵败：指邺城之败。⑥日瘦：日光淡薄，杜甫的自创语。⑦鞞（pí）：古同“鼙”，鼓名。⑧无所携：是说家里没有可以告别的人。⑨终转迷：终究是前途迷茫，生死吉凶难料。⑩齐：齐同。⑪委沟溪：指母亲葬在山谷里。⑫两酸嘶：是说母子皆饮恨。酸嘶，失声痛哭。⑬蒸黎：指劳动人民。蒸，众。黎，黑。

夏日叹

夏日出东北，陵天①经中街②。朱光③彻厚地④，郁蒸⑤何由开[⑥]。

上苍久无雷，无乃号令乖[⑦]。雨降不濡[⑧]物，良田起黄埃。
飞鸟苦热死，池鱼涸其泥。万人[⑨]尚流冗[⑩]，举目惟蒿莱[⑪]。
至今大河[⑫]北，化作虎与豺[⑬]。浩荡想幽蓟[⑭]，王师安在哉。
对食不能餐，我心殊未谐[⑮]。眇然[⑯]贞观初，难与数子[⑰]偕[⑱]。

【注释】

①陵天：升上天空。②中街：古人指日行的轨道。此指太阳当顶直射。③朱光：日光。④彻厚地：晒透大地。⑤郁蒸：闷热。⑥开：散释。⑦乖：违背，反常。⑧濡：湿润。⑨万人：百姓。⑩流冗：流离失所，无家可归。⑪惟蒿莱：指田园荒芜的景象。⑫大河：黄河。⑬虎与豺：喻安史叛军。⑭幽蓟：幽州（范阳郡）和蓟州（渔阳郡），安史叛军老巢。⑮未谐：指心情不愉快，不安稳。⑯眇然：遥想。⑰数子：指贞观名臣长孙无忌、房玄龄、杜如晦、魏徵等。⑱偕：同。

夏夜叹

永日不可暮，炎蒸毒我肠。安得万里风，飘飖吹我裳。
昊天出华月，茂林延疏光。仲夏苦夜短，开轩[①]纳微凉。
虚明见纤毫，羽虫亦飞扬。物情无巨细，自适固其常。
念彼荷戈士，穷年守边疆。何由一洗濯，执热互相望。
竟夕击刁斗，喧声连万方。青紫[②]虽被[③]体，不如早还乡。
北城悲笳发，鹳鹤号且翔。况复烦促倦，激烈思时康。

【注释】

①轩：窗。②青紫：古时公卿服饰，借喻高官显爵。③被：同“披”。指身居高官。

立秋后题

日月不相饶，节序昨夜隔。玄蝉无停号，秋燕已如客。
平生独往愿，惆怅年半百。罢官亦由人，何事拘形役。

贻阮隐居[①]

陈留风俗衰，人物世不数[②]。塞上得阮生，迥继先父祖[③]。
贫知静者性，白益毛发古[④]。车马入邻家，蓬蒿翳[⑤]环堵[⑥]。

清诗近道要[7]，识子用心苦。寻我草迳微[8]，褰裳[9]踏寒雨。
更议[10]居远村，避喧甘猛虎。足明箕[11]颍[12]客，荣贵如粪土。

【注释】

①阮隐居：应为阮籍后人。②“陈留”二句：指今日的陈留不比往年人才辈出。陈留，今河南陈留。人物，有突出或显著特性的人。不数，数不清。③“塞上”二句：指阮隐士虽远离故乡却承续了阮氏先祖的遗风。塞上，此指秦州。得，得到、获得，意为有。迥，远。④“贫知”二句：指诗人知道阮隐士是超然恬静的古稀老者。贫，贫生，诗人自谦。静者，深得清静之道、超然恬静的人，指阮隐士。白益，白发多。⑤翳：遮蔽，障蔽。⑥环堵：四周环着每面一方丈的土墙。形容狭小、简陋的居室。⑦道要：道教的要义。⑧微：小，细小。⑨褰（qiān）裳：撩起下裳。⑩更议：改议。意为不谈诗作改谈远离村庄居住的缘由。⑪箕：箕山。⑫颍：颍水。

遣兴三首

下马古战场，四顾但茫然。风悲浮云去，黄叶坠我前。
朽骨穴蝼蚁，又为蔓草缠。故老行叹息，今人尚开边[1]。
汉虏[2]互胜负，封疆不常全。安得廉颇[3]将，三军同晏眠[4]。

其二

高秋登塞山，南望马邑州[5]。降虏[6]东击胡，壮健尽不留。
穹庐[7]莽牢落[8]，上有行云愁。老弱哭道路，愿闻甲兵休。
邺中事反覆，死人积如丘。诸将[9]已茅土[10]，载驱[11]谁与谋。

其三

丰年孰云迟，甘泽不在早。耕田秋雨足，禾黍已映道。
春苗九月交，颜色同日老[12]。劝汝衡门[13]士，勿悲尚枯槁[14]。
时来展才力，先后无丑好。但讶鹿皮翁[15]，忘机对芝草。

【注释】

①开边：指玄宗在天宝年间发兵攻打吐蕃。②汉虏：即敌我。汉为唐，虏为吐蕃。③廉颇：战国时赵国名将，曾先后破齐、拒秦，安边持重而不生事。④晏眠：高枕无忧。⑤马邑州：在今甘肃天水市与成县之间。⑥降虏：指居于秦州一带的少数民族。⑦穹庐：

游牧民族的帐篷。⑧牢落：稀疏貌。⑨诸将：指朝中得宠的大将军们。⑩茅土：指受封为王侯。帝王社祭之坛以五色土建成，分封诸侯时，按封地所在方向取坛上一色土，用茅草包之，授于被封者。⑪载驱：即驱驰。载，发语词，犹乃。⑫同日老：指节令已到，全都成熟。⑬衡门：横木为门，贫者居处。⑭枯槁：困苦，贫穷。⑮鹿皮翁：即鹿皮公。传说其为淄川人，少为府小吏。岑山上有神泉，乃作室其旁，食芝饮泉七十余年。淄水暴涨，呼族人登山，活者六十余人。水退，遣族人下山，自着鹿皮衣，复上阁。后百余年，人又见其卖药于市。

留花门[①]

北门天骄子，饱肉[②]气勇决。高秋马肥健，挟矢射汉月[③]。

自古以为患，诗人厌[④]薄[⑤]伐。修德[⑥]使其来，羁縻[⑦]固不绝。

胡为[⑧]倾国[⑨]至，出入暗金阙[⑩]。中原有驱除，隐忍用[⑪]此物[⑫]。

公主歌黄鹄，君王指白日。连云[⑬]屯左辅，百里见积雪。

长戟鸟休飞，哀笳曙幽咽。田家最恐惧，麦倒桑枝折。

沙苑临清渭，泉香草丰洁。渡河不用船，千骑常撇烈[⑭]。

胡尘逾太行，杂种抵京室。花门既须留，原野转萧瑟。

【注释】

①花门：回纥之别名。回纥西南千里有花门山堡，故杜诗多以回纥为花门。②饱肉：是说回纥以肉为食。③射汉月：即侵入汉地，言其可畏。④厌：厌烦。⑤薄：发语词，无义。⑥修德：即怀柔政策。⑦羁縻：保持一定的联系。⑧胡为：即何为。⑨倾国：犹举国，极言来的人多。⑩暗金阙：写其骄横，随便出入宫殿。⑪隐忍用：不得已而用。⑫此物：指回纥兵，这个词有着传统的“华夷之见”。⑬连云：众多。⑭撇烈：摆跃之状。

佳人

绝代有佳人，幽居在空谷。自云良家子，零落依草木[①]。

关中昔丧乱[②]，兄弟遭杀戮。官高[③]何足论，不得收骨肉[④]。

世情恶衰歇，万事随转烛[5]。夫婿轻薄儿，新人美如玉。
合昏[6]尚知时，鸳鸯不独宿。但见新人笑，那闻旧人[7]哭。
在山泉水清，出山泉水浊。侍婢卖珠[8]回，牵萝[9]补茅屋。
摘花不插发，采柏[10]动[11]盈掬。天寒翠袖薄，日暮倚修竹[12]。

【注释】

①依草木：住在山林中。②丧乱：死亡和祸乱，指遭逢安史之乱。③官高：指娘家官阶高。④骨肉：指遭难的兄弟。⑤转烛：烛火随风转动，比喻世事变化无常。⑥合昏：夜合花，叶子朝开夜合。⑦旧人：佳人自称。⑧卖珠：因生活穷困而卖珠宝。⑨牵萝：拾取树藤类枝条。也是写佳人的清贫。⑩采柏：采摘柏树叶。⑪动：往往。⑫修竹：高高的竹子。比喻佳人高尚的节操。

梦李白二首

死别已吞声[1]，生别常恻恻[2]。江南瘴疠[3]地，逐客[4]无消息。

故人[5]入我梦，明我长相忆。君今在罗网[6]，何以有羽翼。

恐非平生魂，路远不可测。魂来枫林青，魂返关塞黑。
落月满屋梁，犹疑照颜色[7]。水深波浪阔，无使蛟龙得。

其二

浮云[8]终日行，游子久不至。三夜频梦君，情亲见君意。
告归常局促，苦道来不易。江湖多风波，舟楫恐失坠。
出门搔白首，若负平生志。冠盖满京华，斯人独憔悴。

孰云[9]网恢恢[10]，将老身反累。千秋万岁名，寂寞身后事。

【注释】

①吞声：极端悲恸，哭不出声来。②恻恻：悲痛。③瘴疠：疾疫。古代称江南为瘴疫之地。④逐客：被放逐的人，此指李白。⑤故人：老朋友，此指李白。这是杜甫常用的越过一层、从对方写起、连带双方的手法。⑥罗网：捕鸟的工具，这里指法网。⑦颜色：指容貌。⑧浮云：喻游子飘游不定。⑨孰云：谁说。⑩网恢恢：《老子》有“天网恢恢，疏而不漏”的话。此处指法网恢恢。

有怀台州[1]郑十八司户[2]

天台[3]隔三江[4]，风浪无晨暮[5]。郑公纵得归，老病不识路。

昔如水上鸥，今如罝[6]中兔。性命由他人，悲辛但狂顾[7]。

山鬼独一脚，蝮蛇[8]长如树。呼号傍孤城，岁月谁与度[9]。

从来御魑魅[10]，多为才名误。夫子[11]嵇阮[12]流，更被时俗恶。

海隅[13]微小吏，眼暗发垂素[14]。鸠杖近青袍[15]，非供折腰[16]具。

平生一杯酒，见我故人遇。相望无所成，乾坤莽回互[17]。

【注释】

①台州：治所在今浙江临海县。②郑十八司户：即郑虔，字趋庭，又字若齐，河南荥阳荥泽人。唐代著名文学家、诗人、书画家，亦为精通天文、地理、医药、兵法近乎百科全书式的一代通儒，杜甫称赞他"荥阳冠众儒""文传天下口"。司户，官名，即司户参军，掌管一州的民户。③天台：山名，在今浙江天台县北。④三江：长江、浙江、曹娥江。⑤无晨暮：从早到晚，无休无止。⑥罝：捕兔子的网。⑦狂顾：遑急顾盼，惊慌失措。⑧蝮蛇：毒蛇，多居湿地。⑨谁与度：言独居无伴。⑩御魑魅：指贬谪。⑪夫子：对郑虔的尊称。⑫嵇阮：嵇康和阮籍，皆魏晋名士，"竹林七贤"的代表人物。⑬海隅：犹海角。此指台州。⑭垂素：白发散乱。⑮青袍：青色官服。唐制，八九品服青。⑯折腰：陶渊明为彭泽县令，郡遣督邮至，县吏享报应束带见之，渊明叹道："吾不能为五斗米折腰向乡里小人！"即日弃官归隐。⑰回互：回环交错。

遣兴五首

蛰龙[1]三冬卧，老鹤万里心。昔时贤俊人，未遇犹视今。
嵇康不得死，孔明有知音。又如垅坻松，用舍在所寻。
大哉霜雪干，岁久为枯林。

其二

昔者庞德公，未曾入州府。襄阳耆旧间，处士节独苦。
岂无济时策，终竟畏罗罟。林茂鸟有归，水深鱼知聚。

举家隐鹿门，刘表焉得取。

其三

陶潜避俗翁，未必能达道。观其著诗集，颇亦恨枯槁。

达生岂是足，默识盖不早。有子贤与愚，何其挂怀抱。

其四

贺公雅吴语，在位常清狂。上疏乞骸骨，黄冠归故乡。

爽气不可致，斯人今则亡。山阴一茅宇，江海日清凉。

其五

吾怜孟浩然，短褐即长夜。赋诗何必多，往往凌鲍谢。

清江空旧鱼，春雨馀甘蔗。每望东南云，令人几悲吒。

【注释】

①蛰龙：指蛰伏的龙。比喻隐匿的志士。

遣兴二首

天用莫如龙，有时系扶桑。顿辔海徒涌，神人身更长。

性命苟不存，英雄徒自强。吞声勿复道，真宰意茫茫。

其二

地用莫如马，无良复谁记。此日千里鸣，追风可君意。

君看渥洼[①]种，态与驽骀[②]异。不杂蹄啮[③]间，逍遥有能事。

【注释】

①渥洼：指代神马。 ②驽骀（nú tái）：劣马。 ③蹄啮：引申指劣马。

遣兴五首

朔风飘胡雁，惨淡带砂砾。长林何萧萧，秋草萋更碧。

北里富薰天，高楼夜吹笛。焉知南邻客，九月犹絺绤[①]。

其二

长陵锐头儿，出猎待明发。骍弓[②]金爪镝，白马蹴微雪。

未知所驰逐，但见暮光灭。归来悬两狼，门户有旌节。

其三

漆有用而割，膏以明自煎。兰摧白露下，桂折秋风前。

府中罗旧尹，沙道尚依然。赫赫萧京兆，今为时所怜。

其四

猛虎凭其威，往往遭急缚。雷吼徒咆哮，枝撑已在脚。
忽看皮寝处，无复睛闪烁。人有甚于斯，足以劝元恶。

其五

朝逢富家葬，前后皆辉光。共指亲戚大，缌麻百夫行。
送者各有死，不须羡其强。君看束缚去，亦得归山冈。

【注释】

①缔绤：葛布的统称。葛之细者曰缔，粗者曰绤。引申为葛服。②骍弓：调和后呈弯状的弓。

秦州杂诗二十首

满目悲生事，因人作远游。迟回度陇怯，浩荡及关愁。
水落鱼龙夜，山空鸟鼠秋。西征问烽火，心折此淹留。

其二

秦州城北寺，胜迹隗嚣宫[①]。苔藓山门古，丹青野殿空。
月明垂叶露，云逐度溪风。清渭无情极，愁时独向东。

其三

州图领同谷，驿道出流沙。降虏兼千帐，居人有万家。
马骄朱汗落，胡舞白题斜。年少临洮子，西来亦自夸。

其四

鼓角缘边郡，川原欲夜时。秋听殷地发，风散入云悲。
抱叶寒蝉静，归山独鸟迟。万方声一概，吾道竟何之。

其五

西使宜天马，由来万匹强。浮云连阵没，秋草遍山长。
闻说真龙种，仍残老骕骦。哀鸣思战斗，迥立[②]向苍苍。

其六

城上胡笳奏，山边汉节归。防河赴沧海，奉诏发金微。
士苦形骸黑，林疏鸟兽稀。那堪往来戍，恨解邺城围。

其七

莽莽万重山，孤城石谷间。无风云出塞，不夜月临关。
属国归何晚，楼兰斩未还。烟尘一长望，衰飒正摧颜。

其八

闻道寻源使，从天此路回。牵牛去几许，宛马至今来。

一望幽燕隔，何时郡国开。东征健儿尽，羌笛暮吹哀。

其九

今日明人眼，临池好驿亭。丛篁[3]低地碧，高柳半天青。
稠叠多幽事，喧呼阅使星。老夫如有此，不异在郊坰。

其十

云气接昆仑，涔涔塞雨繁。羌童看渭水，使客向河源。
烟火军中幕，牛羊岭上村。所居秋草静，正闭小蓬门。

其十一

萧萧古塞冷，漠漠秋云低。黄鹄翅垂雨，苍鹰饥啄泥。
蓟门谁自北，汉将独征西。不意书生耳，临衰厌鼓鞞。

其十二

山头南郭寺，水号北流泉。老树空庭得，清渠一邑传。
秋花危石底，晚景卧钟边。俛仰悲身世，溪风为飒然。

其十三

传道东柯谷，深藏数十家。对门藤盖瓦，映竹水穿沙。
瘦地翻宜粟，阳坡可种瓜。船人近相报，但恐失桃花。

其十四

万古仇池穴，潜通小有天。神鱼今不见，福地语真传。
近接西南境，长怀十九泉。何时一茅屋，送老白云边。

其十五

未暇泛沧海，悠悠兵马间。塞门风落木，客舍雨连山。
阮籍行多兴，庞公隐不还。东柯遂疏懒，休镊鬓毛斑。

其十六

东柯好崖谷，不与众峰群。落日邀双鸟，晴天卷片云。
野人矜绝险，水竹会平分。采药吾将老，儿童未遣闻。

其十七

边秋阴易夕，不复辨晨光。檐雨乱淋幔，山云低度墙。
鸬鹚窥浅井，蚯蚓上深堂。车马何萧索，门前百草长。

其十八

地僻秋将尽，山高客未归。塞云多断续，边日少光辉。
警急烽常报，传闻檄屡飞。西戎外甥国，何得迕天威。

其十九

凤林戈未息，鱼海路常难。候火云峰峻，悬军幕井干。

风连西极动，月过北庭寒。故老思飞将，何时议筑坛。

其二十

唐尧真自圣，野老复何知。晒药能无妇，应门亦有儿。
藏书闻禹穴，读记忆仇池。为报鸳行旧，鹪鹩在一枝。

【注释】

①陇嚣官：隗嚣的官室。宫在秦州麦积山北，为隗嚣避暑之地。②迥立：屹立，独立。③丛篁：丛生的竹子。

月夜忆舍弟

戍鼓断人行[1]，边秋一雁[2]声。露从今夜白，月是故乡明。
有弟皆分散，无家问死生。寄书长[3]不达[4]，况乃[5]未休兵[6]。

【注释】

①断人行：指鼓声响起后，就开始宵禁。②一雁：孤雁。古人以雁行比喻兄弟，一雁，比喻兄弟分散。③长：一直，老是。④达：到。⑤况乃：何况是。⑥未休兵：战争还没有结束。

天末怀李白

凉风起天末[1]，君子[2]意如何。鸿雁[3]几时到，江湖[4]秋水多。
文章[5]憎命[6]达，魑魅[7]喜人过[8]。应共冤魂[9]语，投诗赠汨罗[10]。

【注释】

①天末：即天的尽头。秦州地处边塞，如在天的尽头。当时李白因永王李璘案被流放夜郎，途中遇赦还至湖南。②君子：指李白。③鸿雁：喻指书信。古代有鸿雁传书的说法。④江湖：喻指充满风波的路途。⑤文章：这里泛指文学。⑥命：命运，时运。⑦魑（chī）魅：鬼怪，这里指坏人或邪恶势力。⑧过：过错，过失。⑨冤魂：指屈原。屈原被放逐，投汨罗江而死。杜甫深知李白从永王李璘实出于爱国，却蒙冤放逐，正与屈原一样。⑩汨罗：汨罗江，在湖南湘阴县东北。

宿赞公[1]房

杖锡[2]何来此，秋风已飒然[3]。雨荒深院菊，霜倒半池莲。

放逐宁[4]违性，虚空[5]不离禅。相逢成夜宿，陇月[6]向人圆。

【注释】

①赞公：僧名。②杖锡：即手持锡仗。锡仗，菩萨头陀十八物之一，上有四股十二环，表四谛十二姻缘之义。比丘向人乞食，到门口，便震动锡杖上的小环作声，以让人知道。③飒然：形容风吹时沙沙作响。④宁：岂能。⑤虚空：荒野无人之处。赞公土室在山野。⑥陇月：洁白明亮的月亮。

赤谷西崦人家

跻险[1]不自安，出郊[2]已清目。溪回日气煖，迳转山田熟。

鸟雀依茅茨[3]，藩篱[4]带松菊。如行武陵[5]暮，欲问桃源宿。

【注释】

①跻险：攀登险境。②郊：秦州城郊。③茅茨：草房。④藩篱：以竹木编成的篱笆墙。⑤武陵：郡名，治所在今湖南常德市。陶渊明《桃花源记》中的桃花源，据传即在此地。

西枝村[1]寻置草堂地夜宿赞公土室二首

出郭眄[2]细岑[3]，披榛得微路。溪行一流水，曲折方屡渡[4]。

赞公汤休徒，好静心迹[5]素。昨枉[6]霞上作，盛论岩中趣。

怡然共携手，恣意同远步。扪[7]萝涩先登，陟巘[8]眩反顾。

要求阳冈煖，苦涉阴岭沍[9]。惆怅老大藤，沉吟屈蟠树。

卜居[10]意未展，杖策回且暮。层巅馀落日，草蔓已多露。

其二

天寒鸟已归，月出山更静。土室延白光，松门耿[11]疏影。

跻攀倦日短，语乐寄夜永。明燃林中薪，暗汲石底井。

大师京国旧，德业[12]天机秉。从来支许[13]游，兴趣江湖迥。

数奇[14]谪关塞，道广[15]存箕颍。何知戎马间，复接尘事屏[16]。

幽寻[17]岂一路，远色有诸岭。晨光稍朦胧[18]，更越西南顶。

【注释】

①西枝村：在秦州东南。今甘肃天水县甘泉乡有西枝村，又名元店，似为此地。②眄：看。③细岑：小山。④屡渡：沿溪水曲折往

来，故云。⑤心迹：指存心与行事。⑥枉：敬词，指屈尊就卑。⑦扪：抓住。⑧陟巘：登山。⑨冱：寒冷。⑩卜居：古人用占卜选择定居之地。后泛指择地定居。⑪耿：清晰。⑫德业：德行和道业。⑬许：许询，字玄度，东晋名士，与支遁善，好游山水。⑭数奇：命运不好。⑮道广：道业广大。⑯尘事屏：屏除尘事，超然世外。⑰幽寻：即寻幽，寻找幽雅的住地。⑱稍朦胧：天色微明。

寄赞上人①

一昨②陪锡杖③，卜邻④南山幽。年侵⑤腰脚衰，未便⑥阴崖秋。

重冈北面起，竟日阳光留。茅屋买兼土，斯焉心所求。

近闻西枝西，有谷杉桼稠⑦。亭午⑧颇和暖，石田又足收。

当期塞雨干，宿昔⑨齿疾⑩瘳。徘徊虎穴⑪上，面势⑫龙泓⑬头。

柴荆⑭具茶茗，迳路通林丘。与子成二老⑮，来往亦风流。

【注释】

①上人：佛教称具备德智善行的人，后作为对僧人的敬称。②一昨：昨天，过去。一，发语词。③锡杖：僧人所持之杖，亦称禅杖，此代指赞上人。④卜邻：选择邻居。⑤年侵：为岁月所侵，指年老。⑥未便：不便。⑦稠：多。⑧亭午：中午。⑨宿昔：早晚，表示时间之短。⑩齿疾：才病。⑪虎穴：山名。⑫面势：对面。⑬龙泓：水名。⑭柴荆：用柴荆做的简陋的门，指村舍。⑮二老：指自己与赞上人。

太平寺①泉眼

招提凭②高冈，疏散连草莽。出泉枯柳根，汲引岁月古。

石间见海眼③，天畔萦水府④。广深丈尺间，宴息⑤敢轻侮⑥。

青白二小蛇，幽姿⑦可时睹。如丝气或上，烂熳⑧为云雨。

山头到山下，凿井不尽土。取供十方⑨僧，香美胜牛乳。

北风起寒文⑩，弱藻⑪舒翠缕⑫。明涵⑬客衣净，细荡林影趣。

何当宅[14]下流[15]，馀润通药圃。三春湿黄精[16]，一食生毛羽[17]。

【注释】

①太平寺：故址位于今甘肃天水市东南五十里甘泉镇。寺内有泉一眼，今寺院已毁，而泉水依然。②凭：靠着。③海眼：古人以为泉水从地下通海，故称泉眼为海眼。④水府：传说为海中龙王的府邸，在海的最深处。⑤宴息：休息。宴，通“晏”。⑥轻侮：轻视，怠慢。⑦幽姿：幽雅的姿态。⑧烂熳：焕发，散布。⑨十方：指东、南、西、北、东南、西南、东北、西北、上、下十方。⑩文：纹理。指水波纹。⑪弱藻：柔软的水草。⑫翠缕：缕缕青翠。⑬明涵：清泉中的倒影。⑭宅：动词，盖房子。⑮下流：下游。⑯黄精：又名黄芝，多年生草本，根如嫩姜，可入药。道家以为其得坤土之精粹，久服可以轻身延年。⑰生毛羽：羽化成仙。

东楼

万里流沙道，西行过此门。但添新战骨，不返旧征魂。
楼角凌风迥，城阴带水昏。传声看驿使，送节向河源。

雨晴

天外秋云薄，从西万里风。今朝好晴景，久雨不妨农。
塞柳行疏翠，山梨结小红。胡笳楼上发，一雁入高空。

寓目

一县葡萄熟，秋山苜蓿多。关云常带雨，塞水不成河。
羌女轻烽燧，胡儿掣骆驼。自伤迟暮眼，丧乱饱经过。

山寺

野寺残僧少，山园细路高。麝香眠石竹，鹦鹉啄金桃。
乱水通人过，悬崖置屋牢。上方重阁晚，百里见秋毫。

即事

闻道花门破，和亲事却非。人怜汉公主，生得渡河归。
秋思抛云髻，腰支賸宝衣。群凶犹索战，回首意多违。

遣怀

愁眼看霜露，寒城菊自花。天风随断柳，客泪堕清笳。
水静楼阴直，山昏塞日斜。夜来归鸟尽，啼杀后栖鸦。

天河

常时任显晦，秋至转分明。纵被微云掩，终能永夜清。
含星动双阙，伴月落边城。牛女年年渡，何曾风浪生。

初月

光细弦初上，影斜轮未安。微升古塞外，已隐暮云端。
河汉不改色，关山空自寒。庭前有白露，暗满菊花团。

捣衣

亦知戍不返，秋至拭清砧。已近苦寒月，况经长别心。
宁辞捣衣倦，一寄塞垣深。用尽闺中力，君听空外音。

归燕

不独避霜雪，其如俦侣稀。四时无失序，八月自知归。
春色岂相访，众雏还识机。故巢傥未毁，会傍主人飞。

促织

促织甚微细，哀音何动人。草根吟不稳，床下意相亲。
久客得无泪，故妻难及晨。悲丝与急管，感激异天真。

萤火①

幸②因③腐草出，敢近太阳飞。未足临书卷，时能点④客衣。

随风隔幔⑤小，带雨傍林微。十月清霜重⑥，飘零⑦何处归。

【注释】

①萤火：这里指萤火虫。②幸：侥幸。③因：依靠，凭借。④点：玷污。⑤幔：帷幔。⑥重：清霜凝重。⑦飘零：漂泊。

蒹葭

摧折不自守，秋风吹若何。暂时花戴雪，几处叶沉波。
体弱春苗早，丛长夜露多。江湖后摇落，亦恐岁蹉跎。

苦竹

青冥亦自守，软弱强扶持。味苦夏虫避，丛卑春鸟疑。
轩墀曾不重，剪伐欲无辞。幸近幽人屋，霜根结在兹。

卷八

除架

束薪已零落，瓠叶转萧疏。幸结白花了，宁辞青蔓除。
秋虫声不去，暮雀意何如。寒事今牢落，人生亦有初。

废畦

秋蔬拥霜露，岂敢惜凋残。暮景数枝叶，天风吹汝寒。
绿沾泥滓尽，香与岁时阑。生意春如昨，悲君白玉盘。

夕烽①

夕烽来不近，每日报平安。塞上传光小，云边落点残。
照秦通警急，过陇自艰难。闻道蓬莱殿，千门立马看。

【注释】

①夕烽：边塞烽烟，在傍晚点燃，以报平安。

秋笛

清商欲尽奏，奏苦血沾衣。他日伤心极，征人白骨归。
相逢恐恨过，故作发声微。不见秋云动，悲风稍稍飞。

日暮

日暮风亦起，城头乌尾讹。黄云高未动，白水已扬波。

羌妇语还笑，胡儿行且歌。将军别换马，夜出拥雕戈。

野望

清秋望不极，迢递起层阴[①]。远水兼[②]天净[③]，孤城隐雾深。

叶稀风更落，山迥[④]日初沉。独鹤归何晚[⑤]，昏鸦已满林。

【注释】

①层阴：重叠的阴云。②兼：连着。③天净：天空明净。④迥：远。⑤归何晚：为何回得晚。

空囊

翠柏苦犹食，明霞高可餐。世人共卤莽[①]，吾道[②]属艰难。

不爨[③]井晨冻，无衣床夜寒。囊空[④]恐羞涩，留得一钱[⑤]看。

【注释】

①卤莽：通“鲁莽”，苟且偷安。②吾道：我的忠君报国之道。③爨（cuàn）：烧火做饭。④囊空：谓袋中无钱。⑤一钱：一文钱，指极少的钱。

病马

乘尔亦已久，天寒关塞深。尘中老尽力，岁晚病伤心。

毛骨岂殊众，驯良犹至今。物微意不浅，感动一沉吟。

蕃剑

致此自僻远，又非珠玉装。如何有奇怪，每夜吐光芒。

虎气必腾上，龙身宁久藏。风尘苦未息，持汝奉明王。

铜瓶

乱后碧井废，时清瑶殿深。铜瓶未失水，百丈有哀音。

侧想美人意，应悲寒甃沉。蛟龙半缺落，犹得折黄金。

送远

带甲满天地，胡为君远行。亲朋尽一哭，鞍马去孤城。

草木岁月晚，关河霜雪清。别离已昨日，因见古人情。

送人从军

弱水应无地，阳关已近天。今君度砂碛，累月断人烟。
好武宁论命，封侯不计年。马寒防失道，雪没锦鞍鞯。

示侄佐

多病秋风落，君来慰眼前。自闻茅屋趣，只想竹林眠。
满谷山云起，侵篱涧水悬。嗣宗诸子侄，早觉仲容贤。

佐还山后寄三首

山晚黄云合，归时恐路迷。涧寒人欲到，林黑鸟应栖。
野客茅茨小，田家树木低。旧谙疏懒叔，须汝故相携。

其二

白露黄粱熟，分张素有期。已应舂得细，颇觉寄来迟。
味岂同金菊，香宜配绿葵。老人他日爱，正想滑流匙。

其三

几道泉浇圃，交横落幔坡。葳蕤秋叶少，隐映野云多。
隔沼连香芰，通林带女萝。甚闻霜薤白，重惠意如何。

从人觅小胡孙许寄

人说南州路，山猿树树悬。举家闻若咳，为寄小如拳。
预哂愁胡面，初调见马鞭。许求聪慧者，童稚捧应癫。

秋日阮隐居致薤三十束

隐者柴门内，畦蔬绕舍秋。盈筐承露薤，不待致书求。
束比青刍色，圆齐玉箸头。衰年关鬲冷，味暖并无忧。

秦州见敕目薛三璩授司议郎毕四曜除监察与二子有故远喜迁官兼述索居凡三十韵

大雅何寥阔，斯人尚典型。交期余潦倒，材力尔精灵。
二子声同日，诸生困一经。文章开窔奥[1]，迁擢[2]润朝廷。

旧好何由展，新诗更忆听。别来头并白，相见眼终青。
伊昔贫皆甚，同忧岁不宁。栖遑[3]分半菽，浩荡逐流萍。
俗态犹猜忌，妖氛忽杳冥。独惭投汉阁，俱议哭秦庭。
还蜀只无补，囚梁亦固扃。华夷相混合，宇宙一膻腥。
帝力收三统，天威总四溟。旧都俄望幸，清庙肃惟馨。
杂种虽高垒，长驱甚建瓴。焚香淑景殿，涨水望云亭。
法驾初还日，群公若会星。宫宦仍点染，柱史正零丁。
官忝趋栖凤，朝回叹聚萤。唤人看騕褭，不嫁惜娉婷。
掘狱知埋剑，提刀见发硎。侏儒应共饱，渔父忌偏醒。
旅泊穷清渭，长吟望浊泾。羽书还似急，烽火未全停。
师老资残寇，戎生及近坰。忠臣词愤激，烈士涕飘零。
上将盈边鄙，元勋溢鼎铭。仰思调玉烛，谁定握青萍。
陇俗轻鹦鹉，原情类鹡鸰。秋风动关塞，高卧想仪形。

【注释】

①突奥：喻深邃、高深的境界。②迁擢：谓提升官职。③栖遑：忙碌不安，奔忙不定。

寄彭州高三十五使君适虢州岑二十七长史参三十韵

故人何寂寞，今我独凄凉。老去才虽尽，秋来兴甚长。
物情尤可见，词客未能忘。海内知名士，云端各异方。
高岑殊缓步，沈鲍得同行。意惬关飞动，篇终接混茫。
举天悲富骆，近代惜卢王。似尔官仍贵，前贤命可伤。
诸侯非弃掷，半刺已翱翔。诗好几时见，书成无信将。
男儿行处是，客子斗身强。羁旅推贤圣，沉绵抵咎殃[1]。
三年犹疟疾，一鬼不销亡。隔日搜脂髓，增寒抱雪霜。
徒然潜隙地，有靦屡鲜妆。何太龙钟极，于今出处妨。
无钱居帝里，尽室在边疆。刘表虽遗恨，庞公至死藏。
心微傍鱼鸟，肉瘦怯豺狼。陇草萧萧白，洮云片片黄。
彭门剑阁外，虢略鼎湖旁。荆玉簪头冷，巴笺[2]染翰光。
乌麻蒸续晒，丹橘露应尝。岂异神仙宅，俱兼山水乡。
竹斋烧药灶，花屿读书床。更得清新否，遥知对属忙。
旧官宁改汉，淳俗本归唐。济世宜公等，安贫亦士常。
蚩尤终戮辱，胡羯漫猖狂。会待妖氛静，论文暂裹粮。

【注释】

①咎殃：灾祸。②巴笺：蜀地产的一种优质纸。

寄岳州贾司马六丈巴州严八使君两阁老五十韵

衡岳啼猿里，巴州鸟道边。故人俱不利，谪宦两悠然。
开辟乾坤正，荣枯雨露偏。长沙才子远，钓濑客星悬。
忆昨趋行殿，殷忧捧御筵。讨胡愁李广，奉使待张骞。
无复云台仗，虚修水战船。苍茫城七十，流落剑三千。
画角吹秦晋，旄头俯涧瀍。小儒轻董卓，有识笑苻坚。
浪作禽填海，那将血射天。万方思助顺，一鼓气无前。
阴散陈仓北，晴熏太白巅。乱麻尸积卫，破竹势临燕。
法驾还双阙，王师下八川。此时沾奉引，佳气拂周旋。
貔虎开金甲，麒麟受玉鞭。侍臣谙入仗，厩马解登仙。
花动朱楼雪，城凝碧树烟。衣冠心惨怆，故老泪潺湲。
哭庙悲风急，朝正霁景[1]鲜。月分梁汉米，春给水衡钱。
内蕊繁于缬，宫莎软胜绵。恩荣同拜手，出入最随肩。
晚著华堂醉，寒重绣被眠。辔齐兼秉烛，书枉满怀笺。
每觉升元辅，深期列大贤。秉钧方咫尺，铩翮[2]再联翩。
禁掖朋从改，微班性命全。青蒲甘受戮，白发竟谁怜？
弟子贫原宪，诸生老伏虔。师资谦未达，乡党敬何先？
旧好肠堪断，新愁眼欲穿。翠干危栈竹，红腻小湖莲。
贾笔论孤愤，严诗赋几篇？定知深意苦，莫使众人传。
贝锦无停织，朱丝有断弦。浦鸥防碎首，霜鹘不空拳。
地僻昏炎瘴，山稠隘石泉。且将棋度日，应用酒为年。
典郡终微眇。治中实弃捐。安排求傲吏，比兴展归田。
去去才难得，苍苍理又玄。古人称逝矣，吾道卜终焉。
陇外翻投迹，渔阳复控弦。笑为妻子累，甘与岁时迁。
亲故行稀少，兵戈动接连。他乡饶梦寐，失侣自迍邅。
多病加淹泊，长吟阻静便。如公尽雄俊，志在必腾骞[3]。

【注释】

①霁景：雨后晴明的景色。②铩翮：犹铩羽。伤了翅膀，比喻失意，毛羽伤残，不能高飞。比喻人受摧残而失志。③腾骞：飞升，升空。

寄张十二山人彪三十韵

独卧嵩阳客，三违颍水春。艰难随老母，惨淡向时人。
谢氏寻山屐，陶公漉酒巾。群凶弥宇宙，此物在风尘。
历下辞姜被，关西得孟邻。早通交契密，晚接道流新。
静者心多妙，先生艺绝伦。草书何太古，诗兴不无神。
曹植休前辈，张芝更后身。数篇吟可老，一字卖堪贫。
将恐曾防寇，深潜托所亲。宁闻倚门夕，尽力洁餐晨。
疏懒为名误，驱驰丧我真。索居尤寂寞，相遇益愁辛。
流转依边徼，逢迎念席珍。时来故旧少，乱后别离频。
世祖修高庙，文公赏从臣。商山犹入楚，渭水不离秦。
存想青龙秘，骑行白鹿驯。耕岩非谷口，结草即河滨。
肘后符应验，囊中药未陈。旅怀殊不惬，良觌[①]眇无因。
自古皆悲恨，浮生有屈伸。此邦今尚武，何处且依仁。
鼓角凌天籁，关山倚月轮。官壕罗镇碛，贼火近洮岷。
萧瑟论兵地，苍茫斗将辰。大军多处所，馀孽尚纷纶。
高兴知笼鸟，斯文起获麟。穷秋正摇落，回首望松筠。

【注释】

①良觌：良晤，愉快的会面、欢聚。

寄李十二白二十韵

昔年有狂客[①]，号尔谪仙人。笔落惊风雨，诗成泣鬼神。
声名从此大，汩没[②]一朝伸。文彩承殊渥[③]，流传必绝伦。
龙舟移棹晚，兽锦夺袍新。白日来深殿，青云满后尘。
乞归优诏许，遇我宿心亲。未负幽栖志，兼全宠辱身。
剧谈怜野逸，嗜酒见天真，醉舞梁园夜，行歌泗水春。
才高心不展，道屈善无邻。处士祢衡[④]俊，诸生原宪[⑤]贫。
稻粱求未足，薏苡谤何频。五岭炎蒸地，三危[⑥]放逐臣。
几年遭鹏鸟，独泣向麒麟。苏武元还汉，黄公岂事秦。
楚筵辞醴[⑦]日，梁狱上书辰。已用当时法，谁将此议陈?
老吟秋月下，病起暮江滨。莫怪恩波隔，乘槎[⑧]与问津。

【注释】

①狂客：指贺知章。贺知章是唐越州永兴人，晚年自号四明狂

客。②汩没：埋没。③承殊渥（wò）：受到特别的恩惠。这里指唐玄宗召李白为供奉翰林。④祢衡：东汉时人，少有才辩。孔融称赞他“淑质贞亮，英才卓跞”。⑤原宪：春秋时人，孔子弟子，家里十分贫穷。⑥三危：山名，在今甘肃敦煌县南，乃帝舜窜三苗之处。⑦楚筵辞醴（lǐ）：汉代穆生仕楚元王刘交为中大夫，穆生不喜欢喝酒，元王置酒，常为穆生设醴。元王死，子戊嗣位，初常设醴以待。后忘设醴。穆生说：“醴酒不设，王之意怠。”遂称病谢去。这里指李白在永王璘邀请他参加幕府时辞官不受赏之事。⑧槎（chá）：木筏。

所思

郑老身仍窜，台州信始传。为农山涧曲，卧病海云边。
世已疏儒素，人犹乞酒钱。徒劳望牛斗，无计劚龙泉。

别赞上人

百川日东流，客去亦不息。我生苦飘荡，何时有终极。
赞公释门①老，放逐来上国。还为世尘②婴③，颇带憔悴色。
杨枝晨在手，豆子雨已熟。是身如浮云，安可限南北。
异县逢旧友，初欣④写胸臆⑤。天长关塞⑥寒，岁暮饥冻逼。
野风吹征衣，欲别向曛黑⑦。马嘶思故枥，归鸟尽敛翼。
古来聚散地，宿昔长荆棘。相看俱衰年，出处⑧各努力。

【注释】

①释门：佛门。②世尘：佛家称世俗的事务为世尘。③婴：羁绊，束缚。④初欣：初逢时的惊喜。⑤胸臆：心怀。⑥关塞：指秦州。⑦曛黑：黄昏时。⑧出处：犹进退。

两当县吴十侍御江上宅

寒城朝烟淡，山谷落叶赤。阴风千里来，吹汝江上宅。
鹍鸡号枉渚，日色傍阡陌。借问持斧翁，几年长沙客？
哀哀失木狖，矫矫避弓翮。亦知故乡乐，未敢思宿昔。
昔在凤翔都，共通金闺籍。天子犹蒙尘，东郊暗长戟。
兵家忌间谍，此辈常接迹。台中领举劾，君必慎剖析。
不忍杀无辜，所以分白黑。上官权许与，失意见迁斥。
朝廷非不知，闭口休叹息。仲尼甘旅人，向子识损益。

余时忝诤臣，丹陛实咫尺。相看受狼狈，至死难塞责。
行迈心多违，出门无与适。于公负明义，惆怅头更白。

发秦州

我衰更懒拙，生事不自谋。无食问①乐土②，无衣思南州③。
汉源十月交，天气如凉秋。草木未黄落，况闻山水幽。
栗亭名更嘉，下有良田畴。充肠多薯蓣④，崖蜜⑤亦易求。
密竹复冬笋，清池可方舟⑥。虽伤旅寓远，庶遂平生游。
此邦俯要冲⑦，实恐人事稠⑧。应接非本性，登临未销忧。
溪谷无异石，塞田⑨始微收⑩。岂复慰老夫，惘然难久留。
日色隐孤戍，乌啼满城头。中宵驱车去，饮马寒塘流。
磊落星月高，苍茫云雾浮。大哉乾坤内，吾道长悠悠。

【注释】

①问：寻求。②乐土：富裕地区。因无食故欲就乐土。③南州：犹南方。这里指同谷，同谷在秦州之南。④薯蓣：俗名山药。⑤崖蜜：一名石蜜，野蜂在山崖和石壁间所酿之蜜。⑥方舟：两舟并行，实即泛舟意，但用方舟，见得地面甚广。⑦要冲：要道或要塞。⑧稠：烦杂。⑨塞田：山田。⑩微收：收成很少。

赤谷

天寒霜雪繁，游子有所之。岂但岁月暮，重来未有期。
晨发赤谷亭，险艰方自兹。乱石无改辙，我车已载脂。
山深苦多风，落日童稚饥。悄然村墟迥。烟火何由追。
贫病转零落，故乡不可思。常恐死道路。永为高人嗤。

铁堂峡

山风吹游子，缥缈乘险绝。硖形藏堂隍，壁色立精铁。
径摩穹苍蟠，石与厚地裂。修纤无垠竹，嵌空太始雪。
威迟哀壑底，徒旅惨不悦。水寒长冰横，我马骨正折。
生涯抵弧矢，盗贼殊未灭。飘蓬逾三年，回首肝肺热。

盐井

卤中草木白，青者官盐烟。官作既有程，煮盐烟在川。
汲井岁搰搰，出车日连连。自公斗三百，转致斛六千。
君子慎止足，小人苦喧阗。我何良叹嗟，物理固自然。

寒峡

行迈[①]日悄悄，山谷势多端。云门转绝岸，积阻[②]霾天寒。
寒硖不可度，我实衣裳单。况当仲冬交，泝[③]沿[④]增波澜。
野人寻烟语，行子傍水餐。此生免荷殳[⑤]，未敢辞路难。

【注释】

①迈：远行。②积阻：重山叠嶂。③泝：同“溯”，沿水逆流而上。④沿：缘水而下。⑤免荷殳：可以不去当兵打仗。殳，兵器。

法镜寺

身危适他州，勉强终劳苦。神伤山行深，愁破崖寺古。
婵娟碧藓净，萧摵寒箨聚。回回山根水，冉冉松上雨。
泄云蒙清晨，初日翳复吐。朱甍半光炯，户牖粲可数。
拄策忘前期，出萝已亭午。冥冥子规叫，微径不敢取。

青阳峡

塞外苦厌山，南行道弥恶。冈峦相经亘，云水气参错。
林迥硖角来，天窄壁面削。磎西五里石，奋怒向我落。
仰看日车侧，俯恐坤轴弱。魑魅啸有风，霜霰浩漠漠。
昨忆逾陇坂，高秋视吴岳。东笑莲华卑，北知崆峒薄。
超然侔壮观，已谓殷寥廓。突兀犹趁人，及兹叹冥漠。

龙门镇

细泉兼轻冰，沮洳栈道湿。不辞辛苦行，迫此短景急。
石门云雪隘，古镇峰峦集。旌竿暮惨淡，风水白刃涩。
胡马屯成皋，防虞此何及。嗟尔远戍人，山寒夜中泣。

石龛[①]

熊罴咆我东，虎豹号我西。我后鬼长啸，我前狨[②]又啼。

天寒昏无日，山远道路迷。驱车石龛下，仲冬见虹霓。

伐竹者谁子，悲歌上云梯[3]。为官采美箭，五岁供梁齐。

苦云直簳尽[4]，无以应提携。奈何渔阳骑[5]，飒飒[6]惊蒸黎[7]。

【注释】

①石龛：犹石室。②狨：猿类，尾作金色，俗谓之金线狨。③上云梯：攀登高山。④直簳尽：可以做箭杆的竹子都砍完了。⑤渔阳骑：是指安禄山和史思明，安禄山所部皆渔阳突骑。⑥飒飒：本风声，这里形容军声。⑦惊蒸黎：使老百姓不得安生。

积草岭

连峰积长阴，白日递隐见。飕飕林响交，惨惨石状变。
山分积草岭，路异鸣水县。旅泊吾道穷，衰年岁时倦。
卜居尚百里，休驾投诸彦。邑有佳主人，情如已会面。
来书语绝妙，远客惊深眷。食蕨不愿馀，茅茨眼中见。

泥功山

朝行青泥上，暮在青泥中。泥泞非一时，版筑劳人功。
不畏道途远，乃将汩没同。白马为铁骊，小儿成老翁。
哀猿透却坠，死鹿力所穷。寄语北来人，后来莫匆匆。

凤凰台

亭亭凤凰台，北对西康州。西伯今寂寞，凤声亦悠悠。
山峻路绝踪，石林气高浮。安得万丈梯，为君上上头。
恐有无母雏，饥寒日啾啾。我能剖心血，饮啄慰孤愁。
心以当竹实，炯然无外求。血以当醴泉，岂徒比清流。
所重王者瑞，敢辞微命休。坐看彩翮长，举意八极周。
自天衔瑞图，飞下十二楼。图以奉至尊，凤以垂鸿猷。
再光中兴业，一洗苍生忧。深衷正为此，群盗何淹留。

乾元中寓居同谷县作歌七首

有客有客字子美，白头乱发垂过耳。岁拾橡栗[1]随狙公[2]，天寒日暮山谷里。

中原无书归不得，手脚冻皴[3]皮肉死[4]。呜呼一歌兮歌已哀，悲风为我从天来。

其二

长镵[5]长镵白木柄，我生托子[6]以为命。黄独[7]无苗山雪盛，短衣数挽不掩胫[8]。

此时与子空归来，男呻女吟四壁静。呜呼二歌兮歌始放，闾里为我色惆怅。

其三

有弟有弟在远方，三人各瘦何人强？生别展转[9]不相见，胡尘暗天道路长。

东飞驾鹅后鹙鸧[10]，安得送我置汝傍。呜呼三歌兮歌三发，汝归何处收兄骨。

其四

有妹有妹在钟离[11]，良人[12]早殁诸孤痴[13]。长淮浪高蛟龙怒，十年不见来何时。

扁舟欲往箭满眼，杳杳南国多旌旗。呜呼四歌兮歌四奏，林猿为我啼清昼。

其五

四山多风溪水急，寒雨飒飒枯树湿。黄蒿古城云不开，白狐跳梁[14]黄狐立。

我生何为在穷谷，中夜起坐万感集。呜呼五歌兮歌正长，魂招不来归故乡。

其六

南有龙兮在山湫[15]，古木巃嵷[16]枝相樛[17]。木叶黄落龙正蛰[18]，蝮蛇东来水上游。

我行怪此安敢出，拔剑欲斩且复休。呜呼六歌兮歌思迟，溪壑为我回春姿。

其七

男儿生不成名身已老，三年饥走荒山道。长安卿相多少年，富贵应须致身早。

山中儒生旧相识，但话宿昔伤怀抱。呜呼七歌兮悄终曲。仰视皇天白日速。

【注释】

①橡栗：即橡子，江南人曾用来做成豆腐。②狙公：养狙之人。狙，猕猴。③皴：皮肤因受冻而坼裂。④皮肉死：失去感觉。⑤鑱：锄类。⑥子：是称呼长鑱。⑦黄独：是一种野生的土芋，可以充饥。⑧胫：膝以下。⑨展转：即“辗转”，到处流转。⑩鹙鸧：即秃鹙。⑪钟离：今安徽凤阳县。⑫良人：丈夫。⑬痴：幼稚。⑭跳梁：犹跳跃。人少，故狐狸活跃。⑮湫：龙潭。⑯蘢嵸：楂丫貌。⑰樛：枝曲下垂貌。⑱蛰：伏藏。

万丈潭

青溪含冥寞，神物有显晦。龙依积水蟠，窟压万丈内。
局步凌垠堮，侧身下烟霭。前临洪涛宽，却立苍石大。
山危一径尽，岸绝两壁对。削成根虚无，倒影垂澹濧。
黑知湾澴[1]底，清见光炯碎。孤云到来深，飞鸟不在外。
高萝成帷幄，寒木垒旌旆。远川曲通流，嵌窦[2]潜洩濑。
造幽无人境，发兴自我辈。告归遗恨多，将老斯游最。
闭藏修鳞蛰，出入巨石碍。何当炎天过，快意风云会。

【注释】

①湾澴：水流回旋汇集处。②嵌窦：山洞。

卷九

发同谷县

贤有不黔[1]突[2]，圣有不煖席。况我饥愚人，焉能尚安宅？
始来兹山中，休驾[3]喜地僻。奈何迫物累[4]，一岁四行役。
忡忡[5]去绝境[6]，杳杳更远适。停骖龙潭云，回首虎崖石。
临岐别数子，握手泪再滴。交情无旧深，穷老多惨戚。
平生懒拙意，偶值栖遁迹。去住与愿违，仰惭林间翮。

【注释】

①黔：黑。②突：烟囱。③休驾：即息驾，指卜居同谷。④迫

物累：为衣食之累所驱迫。⑤忡忡：忧愁貌。⑥绝境：犹胜地，指同谷山川之美。

木皮岭

首路栗亭西，尚想凤凰村。季冬携童稚，辛苦赴蜀门。
南登木皮岭，艰险不易论。汗流被我体，祁寒为之暄。
远岫争辅佐，千岩自崩奔。始知五岳外，别有他山尊。
仰干塞大明，俯入裂厚坤。再闻虎豹斗，屡局风水昏。
高有废阁道，摧折如断辕。下有冬青林，石上走长根。
西崖特秀发，焕若灵芝繁。润聚金碧气，清无沙土痕。
忆观昆仑图，目击玄圃存。对此欲何适？默伤垂老魂。

白沙渡

畏途随长江，渡口下绝岸。差池上舟楫，杳窕入云汉。
天寒荒野外，日暮中流半。我马向北嘶，山猿饮相唤。
水清石礧礧，沙白滩漫漫。迥然洗愁辛，多病一疏散。
高壁抵嵚崟，洪涛越凌乱。临风独回首，揽辔复三叹。

水会渡

山行有常程，中夜尚未安。微月没已久，崖倾路何难。
大江动我前，汹若溟渤宽。篙师暗理楫，歌笑轻波澜。
霜浓木石滑，风急手足寒。入舟已千忧，陟巘仍万盘。
回眺积水外，始知众星干。远游令人瘦，衰疾惭加餐。

飞仙阁

土门山行窄，微径缘秋毫。栈云阑干峻，梯石结构牢。
万壑欹疏林，积阴带奔涛。寒日外澹泊，长风中怒号。
歇鞍在地底，始觉所历高。往来杂坐卧，人马同疲劳。
浮生有定分，饥饱岂可逃。叹息谓妻子，我何随汝曹。

五盘

五盘虽云险，山色佳有馀。仰凌栈道细，俯映江木疏。
地僻无网罟，水清反多鱼。好鸟不妄飞，野人半巢居。

喜见淳朴俗，坦然心神舒。东郊尚格斗，巨猾何时除？
故乡有弟妹，流落随丘墟。成都万事好，岂若归吾庐。

龙门阁

清江下龙门，绝壁无尺土。长风驾高浪，浩浩自太古。
危途中萦盘，仰望垂线缕。滑石欹谁凿，浮梁袅相拄。
目眩陨杂花，头风吹过雨。百年不敢料，一坠那得取！
饱闻经瞿塘，足见度大庾。终身历艰险，恐惧从此数。

石柜阁

季冬日已长，山晚半天赤。蜀道多早花，江间饶奇石。
石柜曾波上，临虚荡高壁。清晖回群鸥，暝色带远客。
羁栖负幽意，感叹向绝迹。信甘孱懦婴，不独冻馁迫。
优游谢康乐，放浪陶彭泽。吾衰未自由，谢尔性所适。

桔柏渡

青冥寒江渡，驾竹为长桥。竿湿烟漠漠，江永风萧萧。
连笮动袅娜，征衣飒飘飖。急流鸨鹢散，绝岸鼋鼍骄。
西辕自兹异，东逝不可要。高通荆门路，阔会沧海潮。
孤光隐顾盼，游子怅寂寥。无以洗心胸，前登但山椒。

剑门①

惟天有设险，剑门天下壮。连山抱西南，石角皆北向。
两崖崇墉倚，刻画城郭状。一夫怒临关，百万未可傍②。
珠玉走中原，岷峨③气凄怆。三皇五帝前，鸡犬各相放。
后王④尚柔远，职贡⑤道已丧。至今英雄人，高视见霸王。
并吞⑥与割据⑦，极力不相让。吾将罪真宰，意欲铲叠嶂。
恐此复偶然，临风默惆怅。

【注释】

①剑门：在今四川剑阁县北。②傍：靠近。③岷峨：岷山和峨眉山，都在四川。④后王：指夏商周三代的君王。⑤职贡：专指贡物。⑥并吞：指王者，如秦始皇等。⑦割据：指霸者，如公孙述、刘备等。

鹿头山

鹿头何亭亭，是日慰饥渴。连山西南断，俯见千里豁。
游子出京华，剑门不可越。及兹险阻尽，始喜原野阔。
殊方昔三分，霸气曾间发。天下今一家，云端失双阙。
悠然想扬马，继起名硉兀。有文令人伤，何处埋尔骨！
纡馀脂膏地，惨淡豪侠窟。仗钺非老臣，宣风岂专达。
冀公柱石姿，论道邦国活。斯人亦何幸，公镇逾岁月。

成都府

翳翳[1]桑榆[2]日，照我征衣裳。我行山川异，忽在天一方。
但逢新人民，未卜[3]见故乡。大江东流去，游子日月长。
曾城[4]填华屋，季冬树木苍。喧然名都会，吹箫间笙簧。
信美无与适，侧身望川梁[5]。鸟雀夜各归，中原杳茫茫。
初月[6]出不高，众星尚争光。自古有羁旅，我何苦哀伤。

【注释】

①翳翳：晦暗不明貌。②桑榆：日落时光照桑榆树端，因以指日暮。③未卜：没有占卜，引申为不知，难料。④曾城：指高大的城阙。⑤川梁：桥梁。⑥初月：新月。

酬高使君相赠

古寺僧牢落，空房客寓居。故人供禄米，邻舍与园蔬。
双树容听法，三车肯载书。草《玄》吾岂敢，赋或似相如。

卜居

浣花溪水水西头，主人为卜林塘幽。已知出郭少尘事，更有澄江销客愁。

无数蜻蜓齐上下，一双鸂鶒[1]对沉浮。东行万里堪乘兴，须向山阴入小舟。

【注释】

①鸂鶒（xī chì）：水鸟名。形大于鸳鸯，而多紫色，好并游，俗称紫鸳鸯。

王十五司马弟出郭相访遗营草堂赀

客里何迁次，江边正寂寥。肯来寻一老，愁破是今朝。
忧我营茅栋，携钱过野桥。他乡唯表弟，还往莫辞劳。

萧八明府实处觅桃栽

奉乞桃栽一百根，春前为送浣花村。河阳县里虽无数，濯锦江边未满园。

从韦二明府续[1]处觅绵竹[2]

华轩蔼蔼他年到，绵竹亭亭出县[3]高。江上舍前无此物，幸分苍翠拂波涛。

【注释】

①韦二明府续：即韦续，杜甫好友，时任绵竹县令。二，指韦续排行老二。明府，唐代人对县令的敬称。②绵竹：绵竹县特有的竹中珍品，叶细片多，节长，有柔韧性。此竹每节上有圆圈，中黑如太极图，竹梢挺立，冬枯夏荣。③县：即“悬”，屋檐之意。

凭何十一少府邕觅桤木栽

草堂堑西无树林，非子谁复见幽心。饱闻桤木三年大，与致溪边十亩阴。

凭韦少府班觅松树子栽

落落出群非榉柳，青青不朽岂杨梅。欲存老盖千年意，为觅霜根数寸栽。

又于韦处乞大邑瓷碗

大邑烧瓷轻且坚，扣如哀玉锦城传。君家白碗胜霜雪，急送茅斋也可怜。

诣徐卿觅果栽

草堂少花今欲栽，不问绿李与黄梅。石笋街中却归去，果园坊里为求来。

堂成[1]

背郭[2]堂成荫白茅[3]，缘江路熟[4]俯青郊[5]。桤[6]林碍日吟风叶，笼竹和烟滴露梢。

暂止飞乌将[7]数子，频来语燕定新巢。旁人错比扬雄[8]宅，懒惰无心作《解嘲》。

【注释】

①成：落成。②背郭：背负城郭。草堂在成都城西南三里，故曰背郭。③荫白茅：用茅草覆盖。④缘江路熟：堂在浣花溪上，溪近锦江，故通称江。江边原无路，因营草堂，缘江而来，竟走出一条路，故曰“缘江路熟”。熟，有成熟意。⑤俯青郊：面对郊原。堂势较高，故用“俯”字。⑥桤（qī）：落叶乔木，叶长倒卵形，果穗椭圆形，木质较软，嫩叶可作茶的代用品。⑦将：率领。⑧扬雄：西汉末年词赋家。其宅位于成都少城西南角，一名“草玄堂”。扬雄尝闭门草《太玄经》，有人嘲笑他，他便写了篇《解嘲》文。扬雄为蜀人，自可终老于蜀，杜甫不过暂居，所以说“错比”，但也不想像扬雄那样专门写篇文章来表明自己的心意。

蜀相[1]

丞相祠堂[2]何处寻？锦官城[3]外柏森森[4]。映阶碧草自春色，隔叶黄鹂空好音[5]。

三顾[6]频繁[7]天下计，两朝开济[8]老臣心。出师未捷身先死[9]，长使英雄泪满襟。

【注释】

①蜀相：三国蜀汉丞相，指诸葛亮（孔明）。②丞相祠堂：即诸葛武侯祠，在现在成都，晋李雄初建。③锦官城：现四川省成都市。④森森：树木茂盛繁密的样子。⑤空好音：空作好音。⑥三顾：指刘备三顾茅庐。顾，拜访、探望。⑦频繁：多次。⑧两朝开济：指诸葛亮辅助刘备开创帝业，而后又辅佐刘禅支撑困难局面。济，辅佐。⑨出师未捷身先死：诸葛亮于建兴十二年（234）春，出兵伐魏，在渭水南五丈原（今陕西岐山南）与魏军相持百余日，当年八月在军抱憾病逝。出师，出兵。

梅雨

南京犀浦道[1]，四月熟黄梅。湛湛[2]长江去，冥冥[3]细雨来。

茅茨疏易湿，云雾密难开。竟日蛟龙喜，盘涡[4]与岸回。

【注释】

①犀浦道：属成都府，杜甫宅其地，治所位于今郫县犀浦镇。安史之乱，唐玄宗避蜀，因定成都为南京，实未进驻。②湛湛：水深而清。③冥冥：昏暗。④盘涡：急水旋涡。

为农

锦里[1]烟尘[2]外，江村八九家。圆荷浮小叶，细麦落轻花。

卜宅从兹老[3]，为农去国[4]赊[5]。远惭勾漏令[6]，不得问丹砂。

【注释】

①锦里：即指成都。成都号称“锦官城”，故曰锦里。②烟尘：古人多用作战火的代名词。这时遍地干戈，唯成都尚无战事，故曰烟尘外。③从兹老：杜甫经过长期流浪，在政治上又碰了多次的壁，故有终老之意。④国：指长安。⑤赊：远。⑥勾漏令：指葛洪。洪年老欲炼丹以求长寿，闻交趾出丹砂，因求为勾漏令，帝以洪资高，不许。洪曰：非欲为荣，以有丹耳。帝从之。（见《晋书·葛洪传》）杜甫自言不能像葛洪一样弃世求仙，所以说懒，其实是一种姑妄言之的戏词。

有客

患气经时久，临江卜宅新。喧卑方避俗，疏快颇宜人。

有客过茅宇，呼儿正葛巾。自锄稀菜甲，小摘为情亲。

宾至

幽栖[1]地僻经过[2]少，老病人扶再[3]拜难。岂有文章[4]惊海内，漫劳[5]车马驻江干[6]。

竟日淹留[7]佳客坐，百年[8]粗粝[9]腐儒[10]餐。不嫌野外无供给[11]，乘兴[12]还来看药栏[13]。

【注释】

①幽栖：独居。②经过：这里指来访的人。③再：二次。此句表客气尊重。④文章：这里指诗歌。⑤漫劳：劳驾您。⑥江干：江边，杜甫住处。⑦淹留：停留。⑧百年：犹言终生，一生。⑨粗粝：即糙米。这里是形容茶饭的粗劣。⑩腐儒：迂腐寒酸的儒生，作者常用自指。⑪供给：茶点酒菜。⑫乘兴：有兴致。⑬药栏：药圃栏杆。这里借指药圃中的花药。

狂夫

万里桥西一草堂，百花潭水即沧浪。风含翠筱娟娟净，雨裛红蕖冉冉香。

厚禄故人书断绝，恒饥稚子色凄凉。欲填沟壑惟疏放，自笑狂夫老更狂。

田舍

田舍清江曲，柴门古道旁。草深迷市井，地僻懒衣裳。
杨柳枝枝弱，枇杷对对香。鸬鹚西日照，晒翅满渔梁。

江村

清江一曲抱村流，长夏江村事事幽。自去自来梁上燕，相亲相近水中鸥。

老妻画纸为棋局，稚子敲针作钓钩。但有故人供禄米，微躯此外更何求？

江涨

江涨柴门外，儿童报急流。下床高数尺，倚杖没中洲。
细动迎风燕，轻摇逐浪鸥。渔人萦小楫，容易拔船头。

野老[1]

野老篱边江岸回，柴门不正逐江开[2]。渔人网集澄潭[3]下，估客[4]船随返照来。

长路关心悲剑阁[5]，片云何事傍琴台[6]。王师未报收东郡，城阙秋生画角哀。

【注释】

①野老：杜甫自称。②逐江开：浣花溪自西而东流。③澄潭：指百花潭。④估客：商人。⑤剑阁：指剑门关，今四川省剑阁县境内。⑥琴台：汉司马相如弹琴的地方，在成都浣花溪北。

云山

京洛云山外，音书静不来。神交作赋客，力尽望乡台。
衰疾江边卧，亲朋日暮回。白鸥元水宿，何事有馀哀。

遣兴

干戈犹未定，弟妹各何之？拭泪沾襟血，梳头满面丝。
地卑荒野大，天远暮江迟。衰疾那能久，应无见汝期。

遣愁

养拙蓬为户，茫茫何所开。江通神女馆，地隔望乡台。
渐惜容颜老，无由弟妹来。兵戈与人事，回首一悲哀。

题壁上①韦偃②画马歌

韦侯别我③有所适④，知我怜⑤渠画无敌。戏拈秃笔扫骅骝，欻见⑥骐驎出东壁。

一匹龁草一匹嘶，坐看⑦千里当⑧霜蹄。时危安得真致此？与人同生亦同死。

【注释】

①题壁上：唐人好在墙壁上作画或题诗，这里的壁，就是草堂的墙壁。②韦偃：唐代画家，善画马。③别我：向我告别。④有所适：要到其他地方去。安史之乱，造成“天下学士亦奔波”的局面，名画家也四处漂泊。⑤怜：爱。⑥欻见：即忽见。写其神速。⑦坐看：犹眼看。⑧当：对。

戏题王宰①画山水图歌

十日画一水，五日画一石。能事②不受相促迫，王宰始肯留真迹。

壮哉昆仑方壶③图。挂君高堂之素壁。

巴陵[4]洞庭日本东[5]，赤岸[6]水与银河通，中有云气随飞龙。

舟人渔子入浦溆[7]，山木尽亚[8]洪涛风。

尤工远势[9]古莫比，咫尺应须论万里。焉得并州[10]快剪刀，剪取吴松半江水。

【注释】

①王宰：唐代画家，四川人，善画山水树石。②能事：十分擅长的事情。③方壶：神话中东海仙山。这里泛指高山，并非实指。④巴陵：郡名。唐天宝、至德年间改岳州为巴陵郡，治所在今湖南省岳阳市，地处洞庭湖东。⑤日本东：日本东面的海域。⑥赤岸：地名。这里并非实指，而是泛指江、湖的岸。⑦浦溆：岸边。⑧亚：通“压”，俯偃低垂。⑨远势：指绘画中的平远、深远、高远的构图背景。⑩并州：地名，唐朝时期的河东道，即今山西太原。当地制造的剪刀非常有名，有所谓“并州剪”。

戏为韦偃双松图歌

天下几人画古松？毕宏[1]已老韦偃少。绝笔[2]长风起纤末[3]，满堂动色嗟[4]神妙。

两株惨裂苔藓皮，屈铁[5]交错回高枝。白摧朽骨龙虎死，黑入太阴[6]雷雨垂。

松根胡僧[7]憩寂寞，庞眉皓首[8]无住著[9]。偏袒右肩[10]露双脚，叶里松子僧前落。

韦侯韦侯数[11]相见，我有一匹好东绢[12]，重之不减锦绣段[13]。

已令拂拭光凌乱[14]，请公放笔为直干[15]。

【注释】

①毕宏：当时著名画家，善画古松奇石，天宝年间官为御史，后拜给事中。②绝笔：谓画成而搁笔。③长风起纤末：形容此画之笔力劲健，风格高举。④嗟：赞叹。⑤屈铁：比喻松枝弯曲而色黑如铁。⑥太阴：这里指阴森黑暗。⑦胡僧：西域僧人。⑧庞眉皓首：长眉白头。⑨住著：佛教用语，即执着。⑩偏袒右肩：佛教徒身披袈裟，袒露右肩，以表示恭敬。⑪数：快。⑫东绢：四川盐亭县有鹅溪，县出绢，谓之鹅溪绢，亦名东绢。⑬锦

绣段：精美的丝织品。⑭光凌乱：指素绢舒展时光影凌乱的样子。⑮直干：指树干挺拔的松树。

北邻

明府岂辞满，藏身方告劳。青钱买野竹，白帻岸江皋。
爱酒晋山简，能诗何水曹。时来访老疾，步屧到蓬蒿。

南邻[①]

锦里先生乌角巾[②]，园收芋栗不全贫。惯看宾客儿童喜，得食阶除[③]鸟雀驯。

秋水才深四五尺，野航[④]恰受两三人。白沙翠竹江村暮，相送柴门月色新。

【注释】

①南邻：指杜甫草堂南邻朱山人。②角巾：四方有角的头巾。③阶除：指台阶和门前庭院。④航：小船。

过南郊朱山人水亭

相近竹参差，相过人不知。幽花欹满树，细水曲通池。
归客村非远，残樽席更移。看君多道气，从此数追随。

因崔五侍御寄高彭州一绝

百年已过半，秋至转饥寒。为问彭州牧，何时救急难？

奉简高三十五使君

当代论才子，如公复几人？骅骝开道路，鹰隼出风尘。
行色秋将晚，交情老更亲。天涯喜相见，披豁对吾真。

和裴迪登新津寺寄王侍郎

何恨倚山木，吟诗秋叶黄。蝉声集古寺，鸟影度寒塘。
风物悲游子，登临忆侍郎。老夫贪佛日，随意宿僧房。

赠蜀僧闾丘师兄

大师铜梁秀，籍籍名家孙。呜呼先博士，炳灵精气奔。

惟昔武皇后，临轩御乾坤。多士尽儒冠，墨客蔼云屯。
当时上紫殿，不独卿相尊。世传闾丘笔，峻极逾昆仑。
凤藏丹霄暮，龙去白水浑。青荧雪岭东，碑碣旧制存。
斯文散都邑，高价越玙璠[1]。晚看作者意，妙绝与谁论？
吾祖诗冠古，同年蒙主恩。豫章夹日月，岁久空深根。
小子思疏阔，岂能达词门？穷秋一挥泪，相遇即诸昆。
我住锦官城，兄居祇树园。地近慰旅愁，往来当丘樊[2]。
天涯歇滞雨，粳稻卧不翻。漂然薄游倦，始与道侣敦。
景晏步修廊，而无车马喧。夜阑接软语，落月如金盆。
漠漠世界黑，驱驱争夺繁。惟有摩尼珠，可照浊水源。

【注释】

①玙璠：美玉。喻指美德或品德高洁的人。②丘樊：山林。多指隐居的地方。

泛溪

落景下高堂，进舟泛回溪。谁谓筑居小？未尽乔木西。
远郊信荒僻，秋色有馀凄。练练峰上雪，纤纤云表霓。
童戏左右岸，罟弋毕提携。翻倒荷芰乱，指挥径路迷。
得鱼已割鳞，采藕不洗泥。人情逐鲜美，物贱事已睽。
吾村霭暝姿，异舍鸡亦栖。萧条欲何适，出处庶可齐。
衣上见新月，霜中登故畦。浊醪自初熟，东城多鼓鼙。

出郭

霜露晚凄凄，高天逐望低。远烟临井上，斜景雪峰西。
故国犹兵马，他乡亦鼓鼙。江城今夜客，还与旧乌啼。

恨别

洛城[1]一别四千里，胡骑长驱五六年。草木变衰行剑外[2]，兵戈阻绝老江边。

思家步月清宵立，忆弟看云白日眠。闻道河阳近乘胜，司徒[3]急为破幽燕。

【注释】

①洛城：洛阳。②剑外：剑阁以南，这里指蜀地。③司徒，指

李光弼，他当时任检校司徒。

散愁二首

久客宜旋旆，兴王未息戈。蜀星阴见少，江雨夜闻多。
百万传深入，寰区望匪他。司徒下燕赵，收取旧山河。

其二

闻道并州镇，尚书训士齐。几时通蓟北？当日报关西。
恋阙丹心破，沾衣皓首啼。老魂招不得，归路恐长迷。

建都十二韵

苍生未苏息，胡马半乾坤。议在云台上，谁扶黄屋尊？
建都分魏阙，下诏辟荆门。恐失东人望，其如西极存。
时危当雪耻，计大岂轻论？虽倚三阶正，终愁万国翻。
牵裾恨不死，漏网辱殊恩。永负汉庭哭，遥怜湘水魂。
穷冬客江剑，随事有田园。风断青蒲节，霜埋翠竹根。
衣冠空穰穰，关辅久昏昏。愿枉长安日，光辉照北原。

村夜

风色萧萧暮，江头人不行。村舂雨外急，邻火夜深明。
胡羯何多难，樵渔寄此生。中原有兄弟，万里正含情。

寄杨五桂州谭

五岭皆炎热，宜人独桂林。梅花万里外，雪片一冬深。
闻此宽相忆，为邦复好音。江边送孙楚，远附白头吟。

西郊

时出碧鸡坊，西郊向草堂。市桥官柳细，江路野梅香。
傍架齐书帙，看题检药囊。无人觉来往，疏懒意何长。

和裴迪登蜀州东亭送客逢早梅相忆见寄

东阁[①]官梅[②]动诗兴，还如何逊[③]在扬州。此时对雪遥相忆，送客逢春可自由。
幸不折来伤岁暮，若为[④]看去乱乡愁。江边一树垂垂[⑤]

发，朝夕[6]催人自白头。

【注释】

①东阁：阁名。指东亭。故址在今四川省崇庆县东。②官梅：官府所种的梅。③何逊：南朝梁诗人。④若为：怎堪。⑤垂垂：渐渐。⑥朝夕：时时，经常。

暮登四安寺钟楼寄裴十迪

暮倚高楼对雪峰，僧来不语自鸣钟。孤城返照红将敛，近市浮烟翠且重。

多病独愁常阒寂，故人相见未从容。知君苦思缘诗瘦，太向交游万事慵。

寄赠王十将军承俊

将军胆气雄。臂悬两角弓。缠结青骢马，出入锦城中。

时危未授钺，势屈难为功。宾客满堂上，何人高义同。

奉酬李都督表丈早春作

力疾坐清晓，来诗悲早春。转添愁伴客，更觉老随人。

红入桃花嫩，青归柳叶新。望乡应未已，四海尚风尘。

题新津北桥楼

望极春城上，开筵近鸟巢。白花檐外朵，青柳槛前梢。

池水观为政，厨烟觉远庖。西川供客眼，惟有此江郊。

游修觉寺

野寺江天豁，山扉花竹幽。诗应有神助，吾得及春游。

径石相萦带，川云自去留。禅枝宿众鸟，漂转暮归愁。

后游[1]

寺忆曾游处，桥怜[2]再渡时。江山如有待[3]，花柳更无私。

野润烟光[4]薄，沙暄[5]日色迟。客愁全为减，舍此[6]复何之[7]？

【注释】

①后游：重游（修觉寺）。②怜：爱。③有待：有所期待。④烟光：云霭雾气。⑤暄：暖。⑥此：指修觉寺。⑦复何之：又去往哪里呢。

绝句漫兴[1]九首

眼见客愁愁不醒，无赖春色到江亭。即遣花开深造次，便教莺语太丁宁。

其二

手种桃李非无主，野老墙低还是家。恰似春风相欺得，夜来吹折数枝花。

其三

熟知茅斋绝低小，江上燕子故来频。衔泥点污琴书内，更接飞虫打著人。

其四

二月已破三月来，渐老逢春能几回？莫思身外无穷事，且尽生前有限杯。

其五

肠断江春欲尽头，杖藜徐步立芳洲[2]。颠狂[3]柳絮随风舞，轻薄桃花逐水流。

其六

懒慢无堪不出村，呼儿日在掩柴门。苍苔浊酒林中静，碧水春风野外昏。

其七

糁径杨花铺白毡，点溪荷叶叠青钱。笋根雉子无人见，沙上凫雏傍母眠。

其八

舍西柔桑叶可拈，江畔细麦复纤纤。人生几何春已夏，不放香醪如蜜甜。

其九

隔户杨柳弱袅袅，恰似十五女儿腰。谁谓朝来不作意，狂风挽断最长条。

【注释】

①漫兴：随兴所至，信笔写来。②芳洲：长满花草的水中陆地。③颠狂：本指精神失常，引申为放荡不羁。

客[①]至

舍[②]南舍北皆春水，但见群鸥日日来。花径不曾缘客扫，蓬门[③]今始为君开。

盘飧市远[④]无兼味[⑤]，樽酒家贫只旧醅[⑥]。肯[⑦]与邻翁相对饮，隔篱呼取尽馀杯[⑧]。

【注释】

①客：指崔明府。②舍：指家。③蓬门：用蓬草编成的门户，以示房子的简陋。④市远：离市集远。⑤无兼味：谦言菜少。兼味，多种美味佳肴。⑥旧醅：隔年的陈酒。⑦肯：能否允许，这是向客人征询。⑧馀杯：余下来的酒。

遣意二首

啭枝黄鸟近，泛渚白鸥轻。一迳野花落，孤村春水生。
衰年催酿黍，细雨更移橙。渐喜交游绝，幽居不用名。

其二

檐影微微落，津流脉脉斜。野船明细火，宿鹭起圆沙。
云掩初弦月，香传小树花。邻人有美酒，稚子夜能赊。

卷十

漫成二首

野日荒荒白，春流泯泯清。渚蒲随地有，村径逐门成。
只作披衣惯，常从漉酒[①]生。眼边无俗物。多病也身轻。

其二

江皋已仲春，花下复清晨。仰面贪看鸟，回头错应人。

读书难字过，对酒满壶频。近识峨嵋老，知余懒是真。

【注释】

①漉酒：滤去新酿酒中的杂质。

春夜喜雨

好雨[1]知时节，当春乃发生[2]。随风潜入夜，润物细无声。
野径云俱黑，江船火独明。晓看红湿处[3]，花重[4]锦官城。

【注释】

①好雨：指春雨。②发生：催发植物生长，萌发生长。③红湿处：花沾上雨水变得沉重。红，花。④花重：花因沾着雨水，显得饱满沉重的样子，垂下来。

春水

三月桃花浪，江流复旧痕。朝来没沙尾，碧色动柴门。
接缕垂芳饵，连筒灌小园。已添无数鸟，争浴故相喧。

江亭

坦腹江亭暖，长吟野望时。水流心不竞，云在意俱迟。
寂寂[1]春将晚，欣欣[2]物自私。故林归未得，排闷强裁诗。

【注释】

①寂寂：犹悄悄，谓春将悄然归去。②欣欣：繁盛貌。

早起

春来常早起，幽事颇相关。帖石防隤岸，开林出远山。
一丘藏曲折，缓步有跻攀。童仆来城市，瓶中得酒还。

落日

落日在帘钩，溪边春事幽。芳菲缘岸圃，樵爨倚滩舟。
啅雀争枝坠，飞虫满院游。浊醪谁造汝，一酌散千愁。

可惜

花飞有底急，老去愿春迟。可惜欢娱地，都非少壮时。
宽心应是酒，遣兴莫过诗。此意陶潜解，吾生后汝期。

独酌

步履深林晚，开樽独酌迟。仰蜂粘落絮，行蚁上枯梨。
薄劣惭真隐，幽偏得自怡。本无轩冕意，不是傲当时。

徐步

整履步青芜，荒庭日欲晡。芹泥随燕觜，蕊粉上蜂须。
把酒从衣湿，吟诗信杖扶。敢论才见忌，实有醉如愚。

寒食

寒食江村路，风花高下飞。汀烟轻冉冉，竹日净晖晖。
田父要皆去，邻家问不违。地偏相识尽，鸡犬亦忘归。

石镜

蜀王将此镜，送死置空山。冥寞怜香骨，提携近玉颜。
众妃无复叹，千骑亦虚还。独有伤心石，埋轮月宇间。

琴台

茂陵多病后，尚爱卓文君。酒肆人间世，琴台日暮云。
野花留宝靥，蔓草见罗裙。归凤求凰意，寥寥不复闻。

春水生二绝

二月六夜春水生，门前小滩浑欲平。鸬鹚鸂鶒莫漫喜，吾与汝曹俱眼明。

其二

一夜水高二尺强，数日不可更禁当。南市津头有船卖，无钱即买系篱旁。

江上值[1]水如海势聊短述

为人性僻[2]耽[3]佳句，语不惊人[4]死不休[5]。老去诗篇浑[6]漫与[7]，春来花鸟莫深愁。

新添水槛[8]供垂钓，故著浮槎替入舟。焉得思如陶谢[9]手，令渠[10]述作与同游。

【注释】

①值：正逢。②性僻：性情有所古怪，这是自谦的话。③耽：爱好，沉迷。④惊人：打动读者。⑤死不休：死也不罢手。极言求工。⑥浑：完全，简直。⑦漫与：随意付与。⑧水槛：水边木栏。⑨陶谢：陶渊明、谢灵运，皆工于描写景物，故想到他们。⑩令渠：让他们。

水槛遣心二首

去郭[1]轩楹[2]敞，无村眺望赊[3]。澄江平少岸，幽树晚多花。

细雨鱼儿出，微风燕子斜。城中十万户。此地两三家。

其二

蜀天[4]常夜雨，江槛已朝晴。叶润林塘密，衣干枕席清。

不堪祇[5]老病，何得尚[6]浮名。浅把涓涓酒，深凭送此生。

【注释】

①去郭：远离城郭。②轩楹：指草堂的建筑物。轩，长廊。楹，柱子。③赊：长，远。④蜀天：蜀中雅州，常多阴雨，号曰漏天。⑤祇（zhǐ）：恭敬。⑥尚：崇尚，注重。

江涨

江发蛮夷涨，山添雨雪流。大声吹地转，高浪蹴天浮。

鱼鳖为人得，蛟龙不自谋。轻帆好去便，吾道付沧洲。

朝雨

凉气晓萧萧，江云乱眼飘。风鸢藏近渚，雨燕集深条。

黄绮终辞汉，巢由不见尧。草堂樽酒在，幸得过清朝。

晚晴

村晚惊风度，庭幽过雨沾。夕阳薰细草，江色映疏帘。

书乱谁能帙，杯干自可添。时闻有馀论，未怪老夫潜。

高柟[1]

柟树色冥冥，江边一盖青。近根开药圃，接叶制茅亭。

落景阴犹合，微风韵可听。寻常绝醉困，卧此片时醒。

【注释】

①柟：通“楠”。

恶树

独绕虚斋径，常持小斧柯。幽阴成颇杂，恶木剪还多。

枸杞因吾有，鸡栖奈汝何。方知不材者，生长漫婆娑[1]。

【注释】

①婆娑：犹扶疏，纷披貌。

江畔独步寻花七绝句

江上被花恼不彻，无处告诉只颠狂。走觅南邻爱酒伴，经旬出饮独空床。

稠花乱蕊裹江滨，行步欹危实怕春。诗酒尚堪驱使在，未须料理白头人。

江深竹静两三家，多事红花映白花。报答春光知有处，应须美酒送生涯。

东望少城花满烟，百花高楼更可怜。谁能载酒开金盏，唤取佳人舞绣筵。

黄师塔前江水东，春光懒困倚微风。桃花一簇开无主，可爱深红爱浅红？

黄四娘家花满蹊，千朵万朵压枝低。留连戏蝶时时舞，自在娇莺恰恰啼。

不是爱花即欲死，只恐花尽老相催。繁枝容易纷纷落，嫩蕊商量细细开。

进艇

南京[1]久客[2]耕南亩，北望伤神坐北窗。昼引老妻乘小艇，晴看稚子[3]浴清江。

俱飞蛱蝶[4]元相逐，并蒂芙蓉本自双。茗饮蔗浆携所有，瓷罂[5]无谢玉为缸。

【注释】

①南京：指当时的成都。②客：杜甫到成都是避难和谋生兼而有之，非情愿，所以自称为“客”。③稚子：幼子，小孩。④蛱蝶：蝴蝶。⑤瓷罂：盛酒浆等用的陶瓷容器。

一室

一室他乡远，空林暮景悬。正愁闻塞笛，独立见江船。
巴蜀来多病，荆蛮去几年。应同王粲宅，留井岘山前。

所思

苦忆荆州醉司马，谪官樽酒定常开。九江日落醒何处？一柱观头眠几回。

可怜怀抱向人尽，欲问平安无使来。故凭锦水将双泪，好过瞿唐滟滪堆。

闻斛斯六官未归

故人南郡去，去索作碑钱。本卖文为活，翻令室倒悬。
荆扉深蔓草，土锉冷疏烟。老罢休无赖，归来省醉眠。

赴青城县出成都寄陶王二少尹

老被樊笼役，贫嗟出入劳。客情投异县，诗态忆吾曹。
东郭沧江合，西山白雪高。文章差底病，回首兴滔滔。

野望因过常少仙

野桥齐渡马，秋望转悠哉。竹覆青城合，江从灌口来。
入村樵径引，尝果栗皱开。落尽高天日，幽人未遣回。

丈人山[1]

自为青城客，不唾青城地。为爱丈人山，丹梯近幽意[2]。

丈人祠西佳气浓，缘云拟住最高峰。扫除白发黄精在，君看他时冰雪容。

【注释】

①丈人山：山在青城县北，黄帝封青城山为五岳丈人。②幽意：幽闲的情趣。

寄杜位

近闻宽法离新州，想见怀归尚百忧。逐客虽皆万里去，悲君已是十年流。

干戈况复尘随眼，鬓发还应雪满头。玉垒题书心绪乱，何时更得曲江游。

送裴五赴东川

故人亦流落，高义动乾坤。何日通燕塞，相看老蜀门。

东行应暂别，北望苦销魂。凛凛悲秋意，非君谁与论。

送韩十四[①]江东省觐[②]

兵戈不见老莱衣，叹息人间万事非。我已无家[③]寻弟妹，君今何处访庭闱[④]。

黄牛峡静滩声转，白马江寒树影稀。此别应须各努力[⑤]，故乡犹恐未同归。

【注释】

①十四：是称呼韩的排行。②省觐：省视父母。③无家：即无处。④庭闱：父母所居，即指父母。⑤各努力：各自努力为归乡之计。韩十四当是杜甫的同乡，故有故乡同归之语。

柟树为风雨所拔叹

倚江柟树草堂前，故老相传二百年。诛茅[①]卜居总为此[②]，五月髣髴闻寒蝉。

东南飘风动地至，江翻石走流云气。幹排雷雨犹力争，根断泉源岂天意。

沧波老树性所爱，浦[③]上童童一青盖。野客频留惧雪霜，行人不过听竽籁。

虎倒龙颠[④]委[⑤]榛棘，泪痕血点垂胸臆。我有新诗何处吟？草堂自此无颜色[⑥]。

【注释】

①诛茅：剪除茅草。②总为此：全都为了这棵楠树。③浦：水边。④虎倒龙颠：写老楠僵仆之状。⑤委：弃。⑥无颜色：即大为减色。

茅屋①为秋风所破歌

八月秋高风怒号②，卷我屋上三重茅③。茅飞渡江洒江郊，高者挂罥④长林梢，下者飘转沉塘坳⑤。

南村群童欺我老无力，忍能对面⑥为盗贼。公然抱茅入竹去，唇焦口燥呼不得。归来倚仗自叹息。

俄顷风定云墨色，秋天漠漠⑦向⑧昏黑。布衾⑨多年冷似铁，娇儿恶卧踏里裂⑩。

床头屋漏无干处⑪，雨脚如麻⑫未断绝。自经丧乱⑬少睡眠，长夜沾湿何由彻⑭。

安得广厦⑮千万间，大庇⑯天下寒士⑰俱欢颜，风雨不动安如山。

呜呼！何时眼前突兀⑱见⑲此屋，吾庐独破受冻死亦足。

【注释】

①茅屋：草堂。②怒号：大声吼叫。号，号叫。③三重茅：几层茅草。三，不定词，表示多。④挂罥（juàn）：挂着，挂住，缠绕。罥，挂。⑤沉塘坳（ào）：沉到池塘水中。塘坳，低洼积水的地方（即池塘）。⑥对面：当面。⑦漠漠：阴沉迷蒙的样子。⑧向：渐近。⑨布衾：棉被。衾，被子。⑩娇儿恶卧踏里裂：指儿子睡觉时双脚乱蹬，把被里都蹬坏了。恶卧，睡相不好。裂，使动用法，使……裂。⑪床头屋漏无干处：整个房屋都没有干的地方了。屋漏，指房子西北角，古人于此开天窗，阳光便从此处照射进来。床头屋漏，泛指整个屋子。⑫雨脚如麻：形容雨点不间断，像下垂的麻线一样密集。雨脚，雨点。⑬丧乱：战乱，指安史之乱。⑭何由彻：如何才能熬到天亮呢？彻，通，这里指结束、完结的意思。⑮广厦：宽敞的大屋。⑯大庇：全部遮盖、掩护起来。庇，遮蔽、保护。⑰寒士：贫寒的士人们。⑱突兀：高耸的样子，这里用来形容广厦。⑲见（xiàn）：通“现”，出现。

石笋行

君不见益州城西门，陌上石笋双高蹲。古来相传是海眼，苔藓蚀尽波涛痕。

雨多往往得瑟瑟，此事恍惚难明论。恐是昔时卿相冢，立石为表今仍存。

惜哉俗态好蒙蔽，亦如小臣媚至尊。政化错迕失大体，坐看倾危受厚恩。

嗟尔石笋擅虚名，后来未识犹骏奔。安得壮士掷天外，使人不疑见本根。

石犀行

君不见秦时蜀太守，刻石立作五犀牛。自古虽有厌胜法，天生江水向东流。

蜀人矜夸一千载，泛溢不近张仪楼。今日灌口损户口，此事或恐为神羞。

修筑隄防出众力，高拥木石当清秋。先王作法皆正道，诡怪何得参人谋。

嗟尔五犀不经济，缺讹只与长川逝。但见元气常调和，自免洪涛恣凋瘵。

安得壮士提天纲，再平水土犀奔茫。

杜鹃行

君不见昔日蜀天子，化为杜鹃似老乌。寄巢生子不自啄，群鸟至今为哺雏。

虽同君臣有旧礼，骨肉满眼身羁孤。业工窜伏深树里，四月五月偏号呼。

其声哀痛口流血，所诉何事常区区。尔岂摧残始发愤，羞带羽翮伤形愚。

苍天变化谁料得，万事反覆何所无。万事反覆何所无，岂忆当殿群臣趋。

逢唐兴刘主簿弟

分手开元末，连年绝尺书。江山且相见，戎马未安居。

剑外官人冷，关中驿骑疏。轻舟下吴会，主簿意何如。

敬简王明府

叶县郎官宰，周南太史公。神仙才有数，流落意无穷。
骥病思偏秣，鹰愁怕苦笼。看君用高义，耻与万人同。

重简王明府

甲子西南异，冬来只薄寒。江云何夜尽，蜀雨几时干。
行李须相问，穷愁岂有宽。君听鸿雁响，恐致稻粱难。

百忧集行

忆年十五心尚孩①，健如黄犊走复来。庭前八月梨枣熟，一日上树能千回。

即今倏忽已五十，坐卧只多少行立②。强将笑语③供主人④，悲见生涯百忧集。

入门依旧四壁空，老妻睹我颜色同。痴儿不知父子礼，叫怒索饭啼门东。

【注释】

①心尚孩：心智未成熟，还像一个小孩子。②少行立：走和站的时候少，是说身体衰弱。③强将笑语：犹强为笑语。④主人：泛指所有曾向之求援的人。

徐卿二子歌

君不见徐卿二子生绝奇，感应吉梦相追随。孔子释氏亲抱送，并是天上麒麟儿。

大儿九龄色清彻，秋水为神玉为骨。小儿五岁气食牛，满堂宾客皆回头。

吾知徐公百不忧，积善衮衮生公侯。丈夫生儿有如此二雏者，异时名位岂肯卑微休。

戏作花卿①歌

成都猛将有花卿，学语小儿知姓名。用如快鹘风火生，见贼惟多身始轻。

绵州副使著柘黄，我卿扫除即日平。子璋髑髅血模糊，手提掷还崔大夫。

李侯重有此节度，人道我卿绝世无。既称绝世无，天子何不唤取守东都。

【注释】

①花卿：即成都尹崔光远的部将花惊定，他曾平定段子璋之乱。卿，当时对地位、年辈较低的人一种客气的称呼。

赠花卿

锦城丝管[1]日纷纷[2]，半入江风半入云。此曲只应天上[3]有，人间能得几回闻[4]？

【注释】

①丝管：弦乐器和管乐器，这里泛指音乐。②纷纷：繁多而杂乱，形容乐曲的轻柔悠扬。③天上：双关语，虚指天官，实指皇宫。④几回闻：本意是听到几回。文中的意思是说人间很少听到。

少年行二首

莫笑田家老瓦盆，自从盛酒长儿孙。倾银注玉惊人眼，共醉终同卧竹根。

其二

巢燕引雏浑去尽，江花结子也无多。黄衫年少来宜数，不见堂前东逝波。

赠虞十五司马

远师虞秘监，今喜识玄孙。形象丹青逼，家声器宇存。
凄凉怜笔势，浩荡问词源。爽气金天豁，清谈玉露繁。
伫鸣南岳凤，欲化北溟鲲。交态知浮俗，儒流不异门。
过逢连客位，日夜倒芳樽。沙岸风吹叶，云江月上轩。
百年嗟已半，四座敢辞喧。书籍终相与，青山隔故园。

病柏

有柏生崇冈，童童状车盖。偃蹇龙虎姿，主当风云会。
神明依正直，故老多再拜。岂知千年根，中路颜色坏。
出非不得地，蟠据亦高大。岁寒忽无凭，日夜柯叶改。
丹凤领九雏，哀鸣翔其外。鸱鸮志意满，养子穿穴内。
客从何乡来，伫立久吁怪。静求元精理，浩荡难倚赖。

病橘

群橘少生意，虽多亦奚为[1]。惜哉结实小，酸涩如棠梨。

剖之尽蠹蚀，采掇爽[2]所宜。纷然不适口[3]，岂只存其皮。

萧萧半死叶，未忍别故枝。玄冬[4]霜雪积，况乃回风吹。

尝闻蓬莱殿，罗列潇湘姿。此物[5]岁不稔[6]，玉食失光辉[7]。

寇盗尚凭陵[8]，当君减膳时。汝[9]病是天意，吾恐罪有司。

忆昔南海使，奔腾献荔支。百马死山谷，到今耆旧悲。

【注释】

①亦奚为：又有什么用。②爽：失。③不适口：不中吃。④玄冬：即冬天。玄，黑色。古人以黑色配冬，故冬神也叫“黑帝”，“玄冥”。⑤此物：指橘。⑥稔：熟。⑦失光辉：因缺少远方名橘，显得不够味。⑧凭陵：犹横行或充斥。⑨汝：指橘。

枯棕

蜀门[1]多棕榈[2]，高者十八九[3]。其皮割剥甚，虽众亦易朽。

徒布如云叶，青青岁寒后。交横集斧斤，凋丧先蒲柳。

伤时苦军乏[4]，一物官尽取。嗟尔[5]江汉人，生成复何有。

有同枯棕木，使我沉叹久。死者即已休，生者何自守。

啾啾黄雀啄，侧见寒蓬走。念尔形影干，摧残没藜莠[6]。

【注释】

①蜀门：犹蜀中，即成都。②棕榈：常绿乔木，棕榈皮上有毛，称棕毛，可制绳帚刷等。③十八九：十有八九。④军乏：军用缺乏。⑤尔：指枯棕，亦双关人民。⑥莠：狗尾草。

枯柟

楩柟枯峥嵘，乡党皆莫记。不知几百岁，惨惨无生意。

上枝摩苍天，下根蟠厚地。巨围雷霆拆，万孔虫蚁萃。

涷雨落流胶。冲风夺佳气。白鹄遂不来，天鸡为愁思。

犹含栋梁具，无复霄汉志。良工古昔少，识者出涕泪。

种榆水中央，成长何容易。截承金露盘，袅袅不自畏。

不见

不见李生久，佯狂真可哀。世人皆欲杀，吾意独怜才。

敏捷诗千首，飘零酒一杯。匡山读书处，头白好归来。

草堂即事

荒村建子月，独树老夫家。雪里江船渡，风前竹径斜。
寒鱼依密藻，宿雁聚圆沙。蜀酒禁愁得，无钱何处赊。

徐九少尹见过

晚景孤村僻，行军数骑来。交新徒有喜，礼厚愧无才。
赏静①怜云竹，忘归步月台。何当看花蕊，欲发照江梅。

【注释】

①赏静：喜爱清幽。意谓看轻名利。

范二员外邈吴十侍御郁特枉驾阙展待聊寄此作

暂往比邻去，空闻二妙归。幽栖诚简略，衰白已光辉。
野外贫家远，村中好客稀。论文或不愧，重肯款柴扉。

王十七侍御抡许携酒至草堂奉寄此诗便请邀高三十五使君同到

老夫卧稳朝慵起，白屋寒多暖始开。江鹳巧当幽径浴，邻鸡还过短墙来。

绣衣屡许携家酝，皂盖能忘折野梅。戏假霜威促山简，须成一醉习池回。

王竟携酒高亦同过

卧病荒郊远，通行小径难。故人能领客，携酒重相看。
自愧无鲑菜，空烦卸马鞍。移樽劝山简，头白恐风寒。

陪李七司马皂江上观造竹桥即日成往来之人免冬寒入水聊题短作简李公

伐竹为桥结构同，褰裳不涉往来通。天寒白鹤归华表，日落青龙见水中。

顾我老非题柱客，知君才是济川功。合欢却笑千年事，驱石何时到海东。

观作桥成月夜舟中有述还呈李司马

把烛桥成夜，回舟客坐时。天高云去尽，江迴月来迟。

衰谢多扶病，招邀屡有期。异方成此兴，乐罢不无悲。

李司马桥成承高使君自成都回

向来江上手纷纷，三日功成事出群。已传童子骑青竹，总拟桥东待使君。

入奏行赠西山检察使窦侍御

窦侍御，骥之子、凤之雏。年未三十忠义俱，骨鲠绝代无。

炯如一段清冰出万壑，置在迎风露寒之玉壶。蔗浆归厨金碗冻，洗涤烦热足以宁君躯。

政用疏通合典则，戚联豪贵耽文儒。兵革未息人未苏，天子亦念西南隅。

吐蕃凭陵气颇粗，窦氏检察应时须。运粮绳桥壮士喜，斩木火井穷猿呼。

八州刺史思一战，三城守边却可图。此行入奏计未小，密奉贤旨恩宜殊。

绣衣春当霄汉立，彩服日向庭闱趋。省郎京尹必俯拾，江花未落还成都。

江花未落还成都，肯访浣花老翁无？为君酤酒满眼酤，与奴白饭马青刍[①]。

【注释】

①白饭马青刍：本义指白饭供客，青草喂马。比喻主人招待周到。

得广州张判官叔卿书使还以诗代意

乡关胡骑满，宇宙蜀城偏。忽得炎州信，遥从月峡传。
云深骠骑幕，夜隔孝廉船。却寄双愁眼，相思泪点悬。

魏十四侍御就敝庐相别

有客骑骢马，江边问草堂。远寻留药价，惜别倒文场。
入幕旌旗动，归轩锦绣香。时应念衰疾，书疏及沧浪。

赠别何邕

生死论交地，何由见一人。悲君随燕雀，薄宦走风尘。
绵谷元通汉，沱江不向秦。五陵花满眼，传语故乡春。

绝句

江边踏青罢，回首见旌旗。风起春城暮，高楼鼓角悲。

赠别郑鍊赴襄阳

戎马交驰际，柴门老病身。把君诗过日[①]，念此别惊神。
地阔峨眉晚，天高岘首春。为于耆旧内，试觅姓庞人。

【注释】

①过日：过日子。

重赠郑鍊绝句

郑子将行罢使臣，囊无一物献尊亲。江山路远羁离日，裘马谁为感激人。

江头五咏

丁香

丁香体柔弱，乱结枝犹垫。细叶带浮毛，疏花披素艳。
深栽小斋后，庶使幽人占。晚堕兰麝中，休怀粉身念。

丽春

百草竞春华，丽春应最胜。少须颜色好，多漫枝条剩。
纷纷桃李姿，处处总能移。如何此贵重，却怕有人知。

栀子

栀子比众木，人间诚未多。于身色有用，与道气相和。
红取风霜实，青看雨露柯。无情移得汝，贵在映江波。

鸂鶒

故使笼宽织，须知动损毛。看云犹怅望，失水任呼号。
六翮曾经剪，孤飞卒未高。且无鹰隼虑，留滞莫辞劳。

花鸭

花鸭无泥滓，阶前每缓行。羽毛知独立，黑白太分明。
不觉群心妒，休牵众眼惊。稻粱沾汝在，作意莫先鸣[①]。

【注释】

①“稻粱”二句：意在揭露权贵们用威迫利诱的手段来垄断言路，使大家都不敢作声。稻粱，喻禄位。先鸣，喻直言。